妒忌私家偵探社

Miss Doe Detective Agency

since 2010

妒忌私家偵探社

Miss Doe Detective Agency

since
2010

妒忌私家偵探社

Miss Doe Detective Agency

since

2010

妒忌私家偵探社

Miss Doe Detective Agency

since
2010

catch

catch your eyes ; catch your heart ; catch your mind……

catch 161
活路

作者：張妙如
責任編輯：繆沛倫
美術編輯：何萍萍
法律顧問：全理法律事務所董安丹律師
出版者：大塊文化出版股份有限公司
台北市105南京東路四段25號11樓
www.locuspublishing.com
讀者服務專線：0800-006689
TEL：(02) 87123898　FAX：(02) 87123897
郵撥帳號：18955675　戶名：大塊文化出版股份有限公司

總經銷：大和書報圖書股份有限公司
地址：台北縣五股工業區五工五路2號
TEL：(02) 89902588 (代表號)　FAX：(02) 22901658
製版：源耕印刷事業有限公司
初版一刷：2010年2月
定價：新台幣 220元

Printed in Taiwan

妒忌私家偵探社

活路

張妙如 著

1

嚴已經在士林的大街小巷裡繞了很多圈了，雖然他是開著他的愛車五〇年代的保時捷 356 speedster 代步，不過，在狹小的街巷練縮骨功、躲路上過多的人群和機車，還是令他既疲憊又火大！他幾乎開始想要放棄自己一早可笑的念頭——去應徵當私家偵探的助手。私家偵探社？見鬼了！這裡有點痣的、命相館，還有香火鼎盛的廟，一大堆平民小吃，就是沒有什麼私家偵探社！

「老闆，來碗麵線，外帶！」想想也餓了，今早起床到現在中午了，什麼都沒吃呢！嚴坐在駕駛座上拿著一百元鈔票向路邊的小攤揮著，麵線老闆在忙亂中停格，簡直不敢相信有人這樣腦殘，把車子停在路中央，直接要買麵線。

「外帶？全部都給你外帶打包！幹！」路上一位正在路障賽的過路人火到不行，直接拿起麵線攤旁的垃圾桶，往嚴的古董愛車裡倒！「你什麼東西啊你？不知道車輛不能亂停嗎？沒公德兼不自愛！」

什麼沒公德啊？簡直你才是暴民！人沒有肚子餓了就吃的本能嗎？本大爺降格試一下地方小吃，竟然拿垃圾對我？豬的遭遇也沒這麼不如！這年頭，連基本人性都難求了嗎？他趕緊踩油門，轉個彎，把車子開到基河路旁停下，這才斯斯文文地喘口氣。

或許老爸是對的，他當初應該不要回台灣，應該直接在國外繼續唸博士，不要妄想體驗社會、找工作，更別那麼浪漫想成爲神探——well，先拜師，有朝一日自己青出於藍，自立出來成爲神探。但現在看來，不要讓356 speedster變成垃圾車，似乎才是眼前要務。

喔！什麼垃圾這麼臭啊？沒買到麵線可能是幸運逃過一劫！有那麼臭的垃圾的麵線攤，味道肯定不會太好！嚴心裡想著。隨即東張西望一陣子，眼尖地發現路邊有個人工洗車的，趕忙把車子開過去，鄭重地交代了好一下，把車鑰匙交給老闆，他決定去走一走，肚子眞的餓到不支。

士林！尤其是夜市這一帶，實在沒有什麼是給斯文人吃的！嚴嘆了口氣，決定人生畢竟不是天天過年，偶爾也要體會民間疾苦，他走向一個賣餡餅的攤位，買了一個蔥花餅在路旁吃了起來，一邊嚼一邊幾乎委屈到要留下男兒淚——什麼嘛，竟然連個露天椅座都沒有嗎！哪有人吃東西不能好好坐下的？

但，正在這時，他看到了！

「人生命相館」！這樣的一個招牌還有行小字在下面——兼**妒忌私家偵探社**。

杜紀實在是忙到不行！但，並不是爲她這一向門可羅雀的私家偵探生意，而是自從台灣實施禁菸以來，她已經多次被告發在「公共場所」違規吸菸！公共場所？什麼時候她這祖傳的小店面也變成全民的？眞是共產黨也沒有這麼獨裁！

爲此，她纏鬥、陷入於戒菸行動之中，先是花了大錢買了一管電子菸來吸——吸了半天也吸不出多少菸，她決定把這當作訓練肺活量，可是同時，還是覺得非要抽一管眞菸滿足自己不可，但立刻又陷入破戒的罪惡情結中，於是竟搞得眞假兩管菸在那裡「同步」輪流抽，不但讓她覺得實在忙亂，更令她覺得自己就快尼古丁過多中毒！唉！都三十幾歲了，人生怎麼還這麼悲哀？

「大師，我老公眞的外遇得很認眞嗎？他會想和我離婚嗎？」杜紀在煙霧瀰漫中嚇了一跳，她差點忘記現在正在幫人算命中！雖然眼前這個胖婦人實在纏她很久了，就是爲了趕快擺脫她，她才開始抽起菸來的，沒想到這位胖婦也不太在乎，她老公應該也是個菸槍，杜紀在心中暗暗推想著。

「我剛才不是說過了嗎？你老公有外遇，但是他不會和你離婚！妳還想知道什麼？不要一直問重複的問題。」憑妳的多金和軟弱配合，相信妳老公不會輕易放棄妳這溫馴的肥羊！杜紀在心中想著，不過當然沒有說出來。既然胖婦對二手菸沒意見，杜紀也就把藏在抽屜的菸灰缸，大方地拿出來放在桌上了。

「妳有賣符咒什麼的嗎？我要怎樣讓那個狐狸精自願離開他？」胖婦皺眉幽幽地問著。

正在這時，嚴推門進來了，他立刻被撲面而來的強烈菸味嗆得咳起來，但看到旁邊有一張沙發，趕忙立刻坐了下去——多好啊！如果剛剛在吃蔥花餅之前就能先看到這家偵探社，他就不用忍辱在大街上站著用餐了。

「就說了，妳如果能不要在乎妳老公，專心享樂妳自己的人生，妳的問題不出半年就會有結果了，我知道妳想聽神仙和妳保證一切沒事，是妳多疑不滿而已，但太太，這沒人能做得到啊。我沒賣符咒，不過，這街上就有間廟，妳可以去拜一拜。」杜紀起身，頗有送客的暗示，「您的費用是一千二，謝謝。」

胖婦顯然有些不滿足，但她自知確實已經盧很久了，況且大師說得對，她確實是希望有人能保證這世界還是和昨天一樣，一切如意……

她從皮包裡掏出了一千二放在桌上，既無奈又不甘地開門離去。

「下一位。」杜紀趕忙把真菸熄掉，放入抽屜，並打開小窗上的抽風機。

嚴左顧右看，現在除了眼前這位算命仙之外，就只有他自己，所以他站起來，向算命仙的大桌走去。「妳好，敝姓嚴，我是來找偵探部門的……」

「這裡就是！」杜紀在心中暗自尖叫一聲，什麼偵探「部門」啊？

「喔，那請問紀先生在嗎？」嚴在心中抱怨，這明明就是算命部門！

「這裡並沒有紀先生，我猜您是搞錯了，我叫杜紀，不是紀杜，有什麼我可以幫你的嗎？」白痴啊，怎麼會常有人把兩個字弄顛倒！現在人不是左右不分，就是都沒讀書吧！

「喔，我本來是來應徵偵探助理的，但是現在看來還是算了吧……妳這裡顯然只是間命相館。」可不是嗎？嚴的眼光掃過一遍，小小的老舊店面，入門左邊靠牆一條長條沙發，是等待區；門右邊直接就是算命仙的大桌及其對面的兩張「客戶」椅；右後角在算命仙桌旁的走道，有個門通往不知狀況的私人區域，除此之外，已無風景。嚴往大門處慢慢退去，想著今天可真是浪費時間的一天！

「嚴先生請留步，如果，你還想成爲名偵探的話！你應該能認同，偵探事業在算命的掩護之下，是個很高明的主意。」

杜紀對自己說謊而不臉紅感到有些心虛，但也只有一秒而已，事實上，她當初純粹是認爲算命比較好賺，所以何樂不爲？憑著她優異的觀察力和直覺，確實經常能唬得百姓相信她有算命的能力。眼前這個年輕男子顯然是出生於富貴人家，應該不會在意低到不行的薪資，用「理想」來釣這大魚，絕對沒錯！

果然嚴眼睛一亮，「請原諒我的道淺，我願意好好學習！希望您給我這個機會！」天下有比用算命館來掩護神祕的偵探事業更巧妙的點子嗎？眼前這個女士一定很非凡！雖然她看起來和普通的歐巴桑也沒兩樣，但，父親常說「人不可貌相」，嚴在心中想著。

「很好，你錄取了！明天就可以來上班。」

「什麼？就這樣？」嚴開始有點懷疑這家偵探社——或是命相館——很可疑！簡單也就罷了，現在看起來簡直就是草率了！況且，眼前這位大約是三十多歲的歐巴桑，一身奇怪寬鬆長袍，戴著粗框黑膠眼鏡、棉布瓜皮帽，完全地貌不起眼，唯一優點似乎是那張能同時抽兩根菸，講話講得花蕊蕊的嘴，難道……這會是民間傳說的詐騙集團？

「怎麼？難道要我寫血書爲憑？我猜你反正也不會待多久，你們好命人家的少爺大概都是吃不了苦頭的，而我坦白說，我也不確定自己有能力能付你多久的薪水，大家就這樣隨緣不是很好？」杜紀盯著眼前這位近似不食人間煙火的年輕高挑美男子，她的算盤是——先認識再說！這個人的家世背景一定有可用之處。而且，誰說只有女性員工能當花瓶？美男子也很賞心悅目！尤其她的算命客戶多半是女性，她杜紀應該也要偶爾回饋社會，給點無形福利。

「好吧，」嚴內心有些吃驚，難道她眞的會算命？連他的出身都能直接肯定地說出來！或許這工作會是滿有趣的體驗。

「我確實有可能還要去讀博士，所以這聽起來，也算是很配合我的 schedule。」

就這樣，嚴正式成爲妒忌偵探社的一員。

2

嚴覺得自己是個白痴！

上班半個多月以來，他的工作只是去找走失的貓狗，而他的老闆杜女士還是每天坐在辦公室裡幫人算命！

「少爺，動物收容中心到了。」司機在駕駛座上有禮貌地宣告著。今天嚴已經厭倦了自己開車，所以出動了家裡的司機和另一台車賓利。

「哪，這裡有兩張照片，你進去裡面問看看這隻貓和這隻狗有沒有被送來這裡。」

「可是，少爺，我的職務只是個司機，我並不……」這個司機阿勇雖然已在嚴家服務了十年，可是他深知嚴家老爺向來職務分明，不曾要他去做不屬於他職責的事，所以這些年來，他也就學會固守職責範圍。

「聽說你兒子很想要職棒的門票？我相信，進去裡面問貓狗，會值回票價……」

「謝謝少爺，我立刻去問！」司機精神爽利地下了車，火速走入動物收容中心。有額外好處當然就是另一回事！

他知道嚴家向來福利多，多的是官商富賈爲了利益前來進貢的各種大小禮物，但嚴家對下人從不苛刻也不討好，很多禮券或門票，如果嚴家人沒去使用，也只是任憑放到過期，由打掃的清潔婦定期丟棄。過去嚴少爺在國外求學不住家裡，只有過年過節寒暑假會回家團聚，所以阿勇對他認識不多，很意外他現在畢業後，竟找了個「動物看護工作」，眞是奇了。不過，原本他擔心嚴少會不遵守「職務分明」原則，讓他阿勇多添額外的麻煩和工作，現在看來，他反而能依附在嚴少身邊享享小惠——還是年輕人做事比較有彈性，白白浪費那些禮劵或門票，眞是可惜，不是嗎？

嚴在車子裡打了個哈欠，他決定等一下回辦公室後，要去逼問一下他老闆，如果再這樣讓他繼續找貓狗，他就不幹了！正在計畫說辭時，嚴看見司機提了個小型籠子出來，看樣子，至少是找到一隻貓了。

「少爺，貓找到了，狗不在這裡。」

「很好，現在直接回公司……喔，我的意思是我工作的地方。」那個老舊的小店面實在是稱不上是個公司，但他總不能說回命相館吧！唉，眞希望杜女士能結束算命部門，好好地做些真正的偵探工作！

自從嚴來上班之後，「辦公室」做了一些變動，原本等待區的長沙發已經送給收破爛的收走了，取而代之的是另一套辦公桌椅，而且還做了辦公室式矮牆隔間——主要原因是嚴堅持從自家裡搬來一張極昂貴、舒適、氣派的西洋古董椅，杜紀覺得自己這個老闆完全被比下去！所以，與其花大錢買一張椅子和嚴拚場面，她決定乾脆「把嚴的椅子遮起來」，於是斥資購買了這些矮牆，這，已經夠她心疼兩星期了。

「貓找到了，但我有事和妳談，」嚴把貓籠小心輕放在牆角，同時決定不浪費時間，「我不想要再找貓狗了，實在無趣死了！而且這不是我在這裡工作的目的！」

「那你是想怎樣？想學算命？」杜紀當然不是白痴，可是她向來憑著「一皮天下無難事」的座右銘，經常很成功地模糊焦點。

「不是！我反而覺得妳該把算命部門結束了，專注於偵探事業！」

「專心找更多的貓狗？你這不是很矛盾？」

嚴嘆了口氣，「我們難道只有找貓狗的案件而已？」

「目前是這樣，但你要有耐心啊！人生並不是天天都在過年！你知道的。」

嚴突然一陣寒顫，這不是前來應徵當天，他在士林街上自我安慰的話嗎？難道這個女士真是仙姑還是道士之流？再要討論之時，突然，店門開了，一個成熟男性走了進來。

「請問，這裡是杜紀偵探社嗎？」

「是的，請坐，請問有什麼我們可以幫忙的嗎？」杜紀恭敬禮貌地引導熟男坐入她辦公桌前的客戶椅上，然後自己也隔桌面對坐下。

「我想委託你們幫忙調查一個私人案件，不知是否能和杜偵探直接談？」

「好的，請您先填一下這個基本表格，我現在立刻去請杜小姐。」杜紀從抽屜中抽出一分空白的客戶資料表，放在熟男面前，「請問您要咖啡還是茶？」

「咖啡，黑咖啡就好，謝謝。」

「嚴，我去請杜小姐，麻煩你給這位先生泡個咖啡。」杜紀小心地從牆角提起貓籠，往屋後退去。

嚴有點驚訝，這位杜女士是在搞什麼花樣？她不就是杜紀嗎？她等一下要怎樣交代？也許是太迷惑了，他竟然完全忘記自己公子之身要幫忙泡咖啡的委屈，他走到後面茶水間裡操作咖啡機，重新煮了一壺咖啡。

等他再度拿著兩杯新鮮咖啡出來時，他差一點滑掉手上的杯子！杜紀的位置上，正坐著一位他完全不認識的美女！

「謝謝你，現在留我和這位宋先生談就可以了，」美女對嚴使了使眼色要他離去，「對了，別忘記給貓咪一些水和食物，牠現在在後面『會議室』裡。」她故意在「會議室」三個字加強重音。

嚴實在不敢相信！這位美女……是杜偵探？上班上了半個多月，他今天才看見眞正的老闆？而且居然她還是個身材有致的小美女——嚴格上來說，嚴覺得她並不是那種顯而易見的公認美人，不過，那對黑白分明、閃閃發光的鳳眼，實在讓人一見難忘！雖然她的眼睛並不特別大，可是彷佛有眾神進駐……

話說回來，那個算命師究竟是誰啊？竟敢一直狐假虎威指使他去做東做西！他決定先去找那個仙姑算帳！

後頭哪有仙姑的影子？只有一隻在籠子裡嚇壞了的貓。嚴從茶水間倒了一些偵探社儲備的貓餅乾，又倒了一小盤水，進入會議室關好門，把貓從籠子放出，可是緊張的貓咪完全不爲所動。

嚴在會議室中呆坐了一會兒，說起來，這會議室應該是「全公司」最舒服的地方，杜紀雖然看來十分小氣，但卻似乎的確花了些錢在這會議室：一張堅固的十人座長方形大玻璃桌，配了六張──現在是五張舒適單人的小型、椅腳加高的沙發，以及一張杜紀的舊辦公椅──她還是和嚴的古董椅做了無意義的掙扎。其中兩面呈L型的牆嵌著櫻花木製的書架和檔案櫃，另一面牆則是滿版的玻璃材質白板，有門的這面則掛了一大張特別輸出的大台北地區鳥瞰衛星照，甚至連地板都鋪上了厚厚的羊毛地毯！

沒多久，嚴就開始覺得無聊起來，他決定，應該趁這時間把貓咪送回牠主人那裡。所以他一邊關上貓籠子，一邊用手機連絡司機到命相館大門外等候。

「把貓送到這個地址，順便，不要忘記給對方這分請款單。」嚴站在車窗外命令著，並驕傲地看著請款單上還填上了「高級專人運送服務費五百元」。

「少爺，我的職務是……」阿勇再次重申自己的職責範圍，但這一次並非眞的要抱怨。

「你老婆不是聽說很想去做SPA？我的票就是你的票，而且你送完貓咪回去就可以回家了，不必再來接我。」

「謝謝少爺！謝謝少爺！我立刻去辦！」

現在，是專心等候美女的時候了。

一小時之後，熟男客戶總算離去，嚴立刻走回辦公室，並把「暫休」的牌子掛在大門上。「妳是不是有什麼事該對我解釋一下？」他在客戶用的椅子上坐下來。

「是的！我要宣告——我戀愛了！你說，他是不是很迷人？我的天！很久沒看過這種等級的男人了！」

嚴差點連椅一體後空翻。「妳到底是誰啊？這家店到底是怎麼回事？還要不要做生意？」他同時有點不滿，眼前這個美女竟視他爲無物！雖然他顯然太過年輕，但，也是個令富商名媛瘋狂打聽的績優股啊！

「哈哈哈！你果眞也被我唬住了！我是杜紀啊！你的老闆——戀愛中的老闆……」杜紀啜了一口冷掉的咖啡，雖然她是在和嚴說話，但眼光仍迷濛地看著遠方，嘴角上有著難掩的微笑。「嗚——好想結婚喔——人家我也早就該嫁人生寶寶了耶……」

嚴坐在椅子上連一根頭髮都沒動，但是內心早就一片驚濤駭浪了，而他的內心之吼，完全和大浪一起奏著壯烈的和弦！「妳，眞的就是那個仙姑？」內心世界之外，他仍然和平冷靜。

「沒錯啊！我居家外出兩相宜……」杜紀還沉醉在夢幻之中，甚至不經意地發出呵呵的聲音。

這女人，並不是偵探，也不是算命師，她絕對是偉大的魔術師！嚴決定。下完決定之後，嚴拿起桌上的咖啡杯，走到茶水間，雙手幾乎顫抖的他，仍勉力將舊杯子完好地放入水槽，再從櫃子上拿出兩個新杯子，重新倒了兩杯熱咖啡，走回仙姑桌。「該醒醒了，小姐，天亮囉！」

杜紀白了他一眼，極不甘願地從粉紅色舞台上退隱！「說得也是，我如果想嫁他，得先為他洗脫罪名！……好！開會吧！我們去會議室討論案情。」

嚴，畢竟是自小養尊處優的貴公子，驚怪這類細胞，絕對從小沒機會在他體內茁壯，他很快地接受了一切。他和杜紀各自拿著自己的咖啡，走入會議室。

熟男的名字叫做宋毅，四十歲，和太太林育敏，四十三歲，兩人結婚已五年，沒有小孩，住在陽明山上的一棟別墅。林女之前有過另一段失敗的婚姻，結束於六年前，一樣沒有小孩，她的娘家世居天母地區，父親是個退休的建商，家境富裕。當初兩老並不是很喜歡當時在還正在創業起步的宋毅，可是在女兒的頑固堅持下，兩老還是成全祝福，婚後，林女還設法從娘家那裡弄到一筆可觀資金提供宋毅創業，讓宋毅成功地在房地產界嶄露頭角。

約一星期以前，宋毅在和客戶應酬完之後，回到家中發現妻子林育敏倒在廚房地板斷氣多時，身旁伴隨著嘔吐物，餐桌上有一杯快被喝完的牛奶，經法醫檢驗，林女為氨基甲酸鹽中毒，死時身邊無人，先生宋毅當時正在公司開會中，宋家亦無任何外力破壞闖入跡象，也沒有採集到任何可疑指紋，死者死亡時間約為當天上午十時，經過檢驗，發現毒物氨基甲酸鹽是來自摻有納乃得農藥的牛奶——宋太太是個習慣早晨喝牛奶的人。由於宋太太在案發前，曾向娘家抱怨過幾起可疑的意外，甚至還曾在路旁被人推到大馬路公車前！由於案發現場並沒有找到農藥包裝袋或剩餘農藥，所以警方一開始就朝兇殺案偵辦，先生宋毅目前是警方的第一號嫌疑犯，但，警方還找不出任何具體證據證實宋毅涉案，因而只暫時限制出境，隨時等候進一步的傳喚。

「所以，宋毅是要委託我們查出眞兇，以洗淸他的嫌疑。」杜紀說。

「農藥？不會味道很強烈嗎？」

「不，聽說這種農藥是無味的。」

「宋先生果然很可疑！那我們該怎麼查起？」

「我覺得不見得是他，林女士的前夫或許也該調查一下！」杜紀有點不高興自己的員工也懷疑宋毅，「總之，我和宋先生約好，明天過去宋宅詳細了解一下現場狀況，並取得關於宋太太更詳細的資料，我想，我們也該順便去和林家兩老談一談，你覺得呢？」

「當然好！現在終於有個像樣的案子了！這種事還需要問

我嗎？」

「當然要，因爲我只有老爺小綿羊，我怕催不上山……」

「小綿羊？」天！這個女人該不會眞的要騎羊騎馬吧？嚴強烈懷疑這個充滿驚奇的女老闆！

「是五十c.c.小機車啦！你眞的連這都不知道喔？」

「呼——這眞的有嚇到我！我還在想，如果眞要騎羊上山，我眞的是十分自願提供我的愛車！」

「很好！不枉我當初立刻錄取你！」杜紀以爲嚴會出口抗議，沒想到，嚴竟然對於被利用沒什麼反應，果眞有大家氣度！

嚴其實內心充滿期待，終於，要開始探案了！另一方面，他也覺得平民生活好像很有意思，有機會的話，他還眞是不排斥見識一下小綿羊呢！這名字聽起來也挺可愛的。

3

一早就到偵探社報到的嚴，看到杜紀後鬆了口氣——她今天還是美女造型，甚至，比昨天更女人了！經典款低胸上衣、窄裙、三吋高跟鞋！這種近名模身材（當然可惜她除去鞋高的話，只有一百五十多公分），配上黑鑽般閃耀的雙眸，真的很難不在內心讚嘆一下，雖然嚴身邊也沒少過年輕貌美的潮流名媛，可是因爲他之前見過歐巴桑版的杜紀，自然覺得現在這個，喔！是神的大恩典。

「這幾天算命館暫時歇業，但是你得等我一下，我正在補血中。」杜紀走到大門前掛上「命相館暫停營業」的牌子，然後又往內部會議室走去。

嚴實在很開心，算命部門最好永遠歇業！他像早晨陽光般燦爛地問：「補血？什麼意思？」

「人家不想在宋先生面前或他家裡抽菸嘛，所以現在先讓我狂抽個兩根！喔，還有咖啡——」

嚴也倒了一杯咖啡，到會議室加入她。「妳眞的相信那位宋毅是無辜的嗎？」

杜紀頓了一下，「我信啊——我覺得你對他有偏見……」

「是妳才對他有偏愛吧？我怕妳被愛情矇蔽了眼睛。」

「喔喔喔！如果能被月老牽線，我願意失去我自傲的銳利識人天才！」杜紀狠狠地吸了一口菸，「人家眞的好想成爲幸福的太太喔……」

嚴看著眼前猥瑣抽著菸的杜紀，眞不知道她是尼古丁中毒，還是中了情毒？「妳條件還不錯啊，嗯……我是指『外出用』時，怎麼會到現在還沒找到眞命天子？」

「易求無價寶，難得有情郎——你只要知道我身經百戰死亦無懼就好了，這精神值得你學習！其他的等我以後出自傳，再請你去買來看。」杜紀終於把菸熄掉了，也喝完最後一口咖啡，「我們出發吧！」

如果不是工作，陽明山今天可眞是個出遊的好日子，一路翠雲飄過、金氣滿挹，初夏的氣候像是一盒剛開封的巧克力，讓人心情愉悅興奮——愉悅的是杜紀，興奮的是嚴。杜紀迫不及待地想再見到宋毅，而嚴的處女案就要登場，興奮之情可想而知。

「喂！你開這條路是對的嗎？怎麼有點偏僻？」杜紀突然想起嚴可是個家有司機的公子哥兒，不難想像他對世間路一無所知。

「拜託喔，陽明山上的房子多得像雜草，不是只有宋毅住在這裡種菜彈琴！很不巧我也自小住在這一帶。」

「喔，眞是有加分。那就麻煩您了，能抄多少小路就抄多少小路，愈快愈好。」

「妳這種迫不及待眞是讓我不滿，我強烈懷疑妳是否能客觀查案。」

「這和查案沒關係，我尿快噴出來了，眞是不該喝那麼多咖啡，太利尿了。」

嚴擺了個跡近嫌惡的表情，拉撒本是人間自然，但這女士用語太不文明。「我路邊停一下車好了，反正這條路人煙稀少。」

和妳很配，但嚴沒說出最後一句，他慢下車速，往路邊靠去。

「可是我沒有學子配備：手帕衛生紙……」

嫌惡的表情很快進展到第二代，嚴從車後座拿出一盒面紙，塞到杜紀手上。

「我很快就回來！」杜紀打開車門向草叢狂奔而去。嚴吃了一大驚，他沒見過誰穿高跟鞋還能在野地裡跑得這麼快的！這女人果然是個野人進化前的優秀子孫。

不一會兒，杜紀拿著面紙盒回來了，而她手上還同時還有一團白球。

「那是什麼東西？」嚴懷疑地問著。

「用過的紙啊，總不能隨便丟在地上。」

嚴嚇得彈開一呎，「妳就不能挖個洞把它埋起來嗎？非要打包帶回來不可嗎？」虧妳還是野人的後代子孫！當然這句話嚴也沒有說出來。

「面紙分解不易啊，而且，一陣雨後大概就會出土了。」

「掩埋法不行，妳總可以用焚燒法吧！」

「好主意！我剛好有「賴打」（打火機）！」

就這樣，嚴和杜紀就在路邊，專注地看著這團沾著尿的面紙被火化——爲了避免造成山林大火，他們嚴謹地監視到最後一刻。

「老天！我們到底還要不要辦案……」嚴無力地懷疑著。

「要辦案就快走啊！幹嘛還在這裡留戀我的排泄物！GO！GO！GO！」

這女人到底有沒有搞錯啊？眞讓人抓狂！

終於，他們抵達宋毅家。

「請進，請進。」宋毅給兩位客人一個合宜的微笑，「要喝點什麼嗎？」

杜紀和嚴同時回憶起剛才的「野放」事件，異口同聲地說：「水就好。」

宋毅正要進廚房倒水時，也順便想起廚房是事故現場，所以他說：「我想兩位應該也想看看廚房，不如我們就一起到廚房去？」

宋家的廚房是西式的，所以廚房自身就有居家用餐桌，除此之外，宋家當然也還有個正式的用餐廳。這個廚房空間開闊，櫥櫃呈L字型佔居邊角，L型的一端連著一個大型豪華冰箱，另一端則有垂直高起的小吧檯設計，旁邊還有個可以看見山景的落地大窗，廚房中央放置著餐桌，整體色系是深淺不一的米色調。

宋毅引導他們在餐桌就座，在櫥櫃中取出三個玻璃杯，到冰箱門上的取水裝置倒水，然後自己也回到餐桌加入客人。

「我就是在這裡發現我太太的，她當時就倒在餐桌和櫥櫃流理台之間的地上……」宋毅指向流理台的方向，臉上不見有太多悲傷之情。

「這麼大的房子，難道你們沒有請女傭？我聽說宋太太死亡時家中無人？」嚴首先發難。

杜紀暗暗地白了他一眼，不過，嚴的問題倒是眞的，台灣雇有外籍女傭的小康家庭多得是，更何況是宋家這種等級。

「喔，我們直到一年前確實都還有個印傭，但我太太懷疑她手腳不乾淨，再加上，我們沒有小孩要操勞照顧，我太太也沒有在工作，所以她認爲她可以自己理家，所以我們就辭退那位印傭，再雇了一位定期來打掃的婦人，她一星期只來清潔一次，我太太發生事故當天並不是清潔婦的工作日。」宋毅簡潔地回答了問題之後，「抱歉，還沒請教這位先生大名？」

「我才失禮了，竟然忘記介紹！這位是我的助手，嚴，所以你的案子我昨天已經大致和他解說過了。」杜紀簡單地介紹了兩位，然後回到正事，「是不是可以請宋先生給我們看一下夫人生前的照片？我們今天主要是要來了解一下夫人的背景資料，除了長相和習慣和個性之外，也想了解她有哪些親近的朋友或親戚、生前常出入的場地等等，看看是否能從這些資料中，找出可能對她懷有恨意的人。」

「好，請稍候，我這就去拿相本和我太太私人的電話簿等等可用資訊。」宋起身外走，暫時留下兩名客人。

「不知那位被辭退的印傭是否懷有恨意？」嚴幽幽地說，「剛剛忘了問。」

「應該不太可能，像我們這種勞工階層，恨老闆的很多，眞的會殺老闆的幾乎沒有，更何況，外勞多少會思鄉，所以他們休假日很喜歡和同鄉的人聚會，這裡可不是一個交通便利的地點，我想那位印傭不見得會捨不得離開這裡。不過，你的方向也沒差太遠……」

「咦？怎麼說？」

「毒藥是直接被下在這裡的牛奶的，如果是在商店就被下毒，像千面人那樣，現在應該早傳出更多中毒事件；而毒藥如果是在這裡被下的，兇手必然是認識宋太太的人，而且，極有可能就是針對宋太太而來。」

「不會吧？宋毅如果不是兇手，那麼他也有可能喝到毒，不是嗎？」

「宋先生自己說沒有喝奶習慣，而且他喝咖啡應該也不加奶的，昨天他來偵探社拜訪時，指名黑咖啡……」

這時，宋毅抱著一些資料回來了。

「我暫時先拿一些我能想到的，如果你們有其他需要再告訴我，我可以隨時再去找。」宋先生將一本大相簿、一本小冊子，以及一個類似卡片夾的東西放在餐桌，他先拿起上面的小冊子傳給杜紀，「這是電話本，我剛才翻看了一下，這裡面的人都是我太太常有聯絡的，我相信我太太更常有聯絡的，應該在她手機裡的紀錄找得到，但手機警方拿走了。」

杜紀粗略翻一下電話簿，發現宋太太是個很隨興的人，電話簿裡面幾乎都是以稱謂或暱稱來取代正式人名，例如父親的電話就只寫個「父」，其他還有「Amy」、「胖董」等等，「宋先生如果方便，是否能在每個人的電話後頭幫我寫出對方全名？我或許需要聯絡其中的一些人。」

「沒問題，裡面的人我大概也都認識，我等一下就開始寫，同時妳可以看一下這個卡片夾，裡面是各種俱樂部或其他會員卡，應該是我太太經常出入的場所，然後這本相簿是我們最近的生活照，多數都是只有我太太和我。」宋毅將卡片夾及相本傳給杜紀，然後拿起身上的鋼珠筆開始在電話簿上寫人名。

杜紀先翻開在上面的卡片夾，裡面約有六七張卡，大概都是些健身房、美容SPA中心、高爾夫球俱樂部等等的會員卡或VIP，她將卡片夾傳給嚴，相信嚴對這些場所應該比她更了解，然後，她翻開相簿。

進入眼簾的第一張，竟然就是嚴來應徵當日，那位來算命的胖太太！世事也眞是巧合得令人驚歎！

「請問一下，這位就是您夫人嗎？」杜紀的聲音有些異常，所以連嚴也轉頭過去看相簿，有些眼熟啊！什麼時候見過她呢？嚴在腦中不停地搜尋著。

「是的，確實是內子。有什麼問題嗎？」宋毅感到有些不愉快，這些人彷彿是在斷言，他宋毅，爲錢娶她。

「宋先生，請原諒我直率的個性，您知道宋夫人不久前曾來我店裡算過命嗎？」經杜紀這樣一說，嚴確實想起自己應該是在命相館見過這位太太，不過，他不記得是哪一天。

「算命？育敏去算命？」宋毅的表情先是有些茫然，然後好似想通了什麼，轉爲輕笑，「這就解釋了爲什麼我會知道貴偵探社！幾天前我在整理育敏的東西時，發現了你們店裡的名片，你們的名片上並沒有印出算命這個服務項目，而我也從來沒有懷疑過育敏有什麼需要找私家偵探解決的事，我以爲這是朋友隨手給她的，或是什麼其他機緣她拿到的，可是剛好我需要找私家偵探，所以我才會在昨天直接按名片地址過去拜訪，現在想起來，你們店門外的招牌確實是寫命相館！可是我還是很訝異育敏會去算命！」

「我的算命事業是最近新增的，所以舊名片上沒印，而我總是要先把舊名片消耗完。」杜紀沉默了一會兒，決定說出實情，看看宋毅的反應，「坦白說，宋夫人當時相當確信你有外遇，所以她來找我並不是要我去抓姦找證據，而是想知道你們是否會離婚。」

「這太扯了！育敏和我之間是沒有祕密的！我在外面的幾個逢場作戲、交際應酬的對象，她當然都是知情的，我從來也沒瞞過她，而且我從不在外過夜的！我不了解她爲什麼會覺得我們會離婚？她爲什麼會對我這麼沒信心！」

宋毅說得很自然，彷彿這一切「全天下男人都會犯的錯」就是如此天經地義，也因爲他說得如此理所當然，杜紀從這一刻起，不再是在戀愛中了，她對宋毅再沒有任何想像！她拿出菸盒，一刻都不能再等，「不介意我抽菸吧？」

宋毅對她突然的轉移焦點驚訝了一下，「沒問題，我去拿菸灰缸。」

這就是了，當初胖婦不介意杜紀抽菸，當然是因爲她老公也抽菸。杜紀在心中印證著。

「順便，如果您不介意，我希望能有杯熱咖啡。」杜紀話一出，嚴張開了嘴，完全難以置信！

「我也要，麻煩你了！」嚴趕快追加。

宋毅先是從櫥櫃中遞來一個大菸灰缸，接著又回流理台開始操作咖啡機，「我家只有義式濃縮咖啡，還OK吧？」

「很OK。」杜紀和嚴異口同聲地說。

「妳又發什麼瘋？又抽菸又喝咖啡！」嚴壓低聲音地質問

杜紀。

「只是回到正常的我自己啊，有什麼好訝異的？你什麼時候聽過我說要戒菸？」

「妳等一下不會又要向大自然借廁所吧？」

「放心，要走之前，該拉的我會在這裡拉個痛快！」

宋毅托著兩杯咖啡走回餐桌，「糖、奶？」

「都不必。」又是異口同聲。

「宋先生，您說夫人都知道你的紅粉知己，既然您也沒有眞的很認眞對待任何一位，相信你也不反對讓我們知情？」杜紀試探地問著。

「我是不反對，但我看不出我的私生活和我太太的死亡有何關聯。畢竟我是請你們幫忙查我太太的事，而不是我的私生活。」宋毅露出微微不滿。

「先別不快，讓我這麼說好了——如果您的紅粉知己其中之一，把你逢場作戲的戲言看得過度認眞，她或許會誤會她和你將會有某種未來，因此把宋太太的存在視爲阻礙……這也不是不可能。」

「嗯……我是覺得不太可能，但，妳這種說法也不無道理，女人心海底針，我承認我不是女性專家。」宋毅頓了頓，再度起身，「現在我也需要咖啡了，請等我一下。」

沒多久宋毅拿著一杯咖啡回座，果然也是黑咖啡。

杜紀往嚴的方向瞄了一眼，發現嚴竟然認眞在做筆記，正在此時，他在筆記簿上寫下「黑咖啡無奶」。

「我和客戶上過一些酒店，妳知道的，就是那種有小姐坐檯的，其中有兩位小姐會不定期 Call 我，但，多半也是希望我再回去捧場而已，兩位我當然都曾帶出場私下交易過，那種場合大家語言曖昧，而且她們都還年輕貪玩，我真的是不覺得她們會看得太認真。」

「我不介意當一個謹慎的人，麻煩還是請您提供花名單和連絡電話。」杜紀將自己的筆記本遞過去。

「富豪世家的婷君，還有藍色貴族的詩娜，就這樣。」宋毅一邊說，一邊將電話號碼寫上。

「除此之外呢？應該還有別的？」杜紀繼續尖銳猛攻。

宋毅頓了一下，似乎決定毫不隱瞞，「我秘書，她叫馮世慧，三十五歲，已婚，我和她是婚外情，但我倆都沒有離婚的打算，至少，我們從來沒有提過要和自己元配離婚。而且她有兩個小孩了。」宋毅從口袋中取出手機，按了幾個按鍵後傳給杜紀，「這是她的手機號碼，當然妳也可以打到我公司。」

「還有其他人嗎？」杜紀問。

「沒了，就這些。」

「謝謝你的合作和幫助，現在，我想轉回來問一下關於你太太，她是個怎麼樣的人？你當初是什麼因素決定娶她的？」

「我猜妳或許有疑問，我太太不是個美女，年紀又比我長，爲什麼我會對這樣一個女人動心？其實答案很簡單，我年幼時就喪母了，我想我是有一點戀母情結吧，我太太是個溫柔的人，當然也很照顧我，只有和她在一起，我才感覺我的遺憾有被彌補。」宋毅盡力讓自己看起來眞誠，他實在不喜歡別人認定他爲錢娶妻。

杜紀在心中翻了個肚臍眼！戀母情結？分明騙蕭委！怎麼他的情婦們都個個年輕貌美？但她發現嚴認眞地寫下「戀母情結」，在感覺可笑之下，她竟沒發作，繼續又問：「宋太太還有什麼明顯性格？她對別人如何？她對以前的女傭態度怎樣？」

「她是個溫和得不能再溫和的人，即使她發現印傭手腳不乾淨之時，她都沒有當面揭穿對方，只是坦白地告知對方，說她自己時間太多人也閒，可以自己理家不再需要傭人。對下人尚且如此，就可以想像她平常對其他人是怎樣無害了。」

杜紀回憶著當日來算命的宋太太，她確實是個溫和，甚至感覺有些軟弱的女性……

「但，你說宋太太之前有過另一段婚姻，是她主動結束掉的，而且，你的岳父母原本不是很支持你倆結婚，最後還是在宋太太堅持下成全了，可見，她也有她堅決固執的一面？」杜紀也想起宋太太在算命時，「盧」的那一面。

「是的，她確實有她固執的一面，她的上一段婚姻我不是很了解，我想你得去問我岳父母，他們可能比較知情。至於我和她結婚，我一直相信我們彼此的愛是很堅定互信的……或許我很難解釋得很淸楚，杜小姐還未婚吧？所以大概很難了解夫妻之間那種難以讓外人明白的互相依賴和信任。怎麼說呢？……我太太知道我不完美，但她也知道她自己也不是完美的，所以我們接受我們彼此的不完美，眞正地信任並依賴對方。也是因爲這樣，她能說服我岳父母同意。」

不・可・原・諒！這個男東施以爲他是什麼東西！沒結婚又怎樣？沒結婚就不配稱做人了嗎？杜紀簡直氣得抽菸都不必點火！她決定大力污染宋家的空氣，以做爲報復！而這時候，嚴的筆記寫下「堅貞之愛」！杜紀眞想立刻把嚴的筆記本搶過來，撕成兩半！但，冷靜之後，她也不過是假裝疏忽地把菸灰彈到嚴的筆記簿上。

「喂！小心妳的菸！」嚴抗議著。

「喔，抱歉！」杜紀把頭挪過去，假裝補償地把嚴筆記本上的菸灰，輕輕吹到地上。

「再請問，除了你們夫妻倆之外，有哪些人有你們家的鑰匙嗎？」

「就我所知，應該是沒有。」

杜紀眼角瞄到嚴的筆記本，脫口又問：「宋夫人平常有做筆記記雜事的習慣嗎？或是寫日記、用PDA記事之類的？」

「那個冰箱上，」宋毅往大冰箱門指去，「本來有個記事行事月曆，是我太太獨用的，那也被警方拿走了，如同妳知道的，還有我太太的手機，另外，我太太的筆電也在警方那裡，除此之外，我不認為我太太有寫日記的習慣。」

杜紀在心中思索了一陣子，看來，又要再去麻煩偵查隊的雄伯了……

「對了，宋太太可有任何保險？」杜紀差點忘了這個重要問題！

宋毅冷笑了一下，「如果有任何可疑的鉅額保險，你想警方會輕易放過我嗎？她當然有一些人壽保險、意外險什麼的！可是一點也不鉅額，而且如果是兇殺案，保險公司也不會理賠的。」

杜紀對宋毅又多添了幾分厭惡感，尤其是他振振有詞的神態！「你說你和宋太太之間沒有祕密，爲何宋太太死前發生的幾起可疑意外，都沒有向你提起？」

「關於這點我實在也不懂！我唯一能想到的理由，就是她不願意拿這種小事來煩我，她知道我工作很辛苦繁忙，所以體貼我吧……」

是這樣嗎？還是她早就懷疑過你？杜紀在心中想著，「問得差不多了，我們也該走了，當然，若有後續問題我們會再與您聯絡。」杜紀收拾了該拿的資料後，站起身來，「可不可以借用一下您的洗手間？」

「喔，好的，妳往走道走，向右轉就能看見。」宋毅也站起身來指路。

杜紀本來想繼續污染宋宅，上完廁所不沖水，但是她不確定嚴會不會也需要用廁所，如果他不用，那就太明顯地直指她杜紀是個下流的人，所以她還是放棄計畫，乖乖地沖了水，同時，她看見廁所所有多餘的幾捲庫存衛生紙，她塞了一捲到自己的包包中，才甘心地走出來。

等她出來後，嚴和宋毅已經站在客廳接近玄關處聊天。

「謝謝你們今天特地過來，有任何需要請隨時再連絡。」宋毅客氣地說著。

雙方握了手後，杜紀和嚴走出宋宅，杜紀在心中暗暗高興著自己剛剛上完廁所沒洗手。

「現在呢？」嚴掏出車鑰匙問著。

「肚子餓扁了，也要中午了，去吃午飯吧。」杜紀一邊說，一邊拿出包包裡的「乾洗手」和衛生紙擦著雙手。

「幹麻？嫌人家手髒啊？」

「你永遠不知道，你握的手會是怎樣的一隻手！」

「妳的態度轉變還眞是大耶！上一分鐘還是愛人，下一分鐘就已經是仇人了。」

「這不是我轉變大吧？人向來都是自己去變成別人的仇人，怎能說是我把他當成仇人？」

「不管了！去哪裡吃飯？」

「聽說你家在附近，何必捨近求遠？」

「嘿！妳別太超過了！我是妳員工耶！就算請吃飯也應該是妳請我！」

「好吧！那就只好回士林，我請你吃廟口麵線。」杜紀爽快地回答。

「我們不是還要去天母拜訪宋太太娘家？回士林不就等一下就又要繞回來？」除此之外，嚴想起麵線，也還有陰影。

「所以說啊，我不懂你爲何要捨近求遠，直接去你家吃飯不是最經濟的路程？」

杜紀的眼中果然是有眾神進駐！一切道理都是那麼的當然！嚴覺得很昏倒。不是他小氣不願請杜紀去家中吃飯，而是，一旦他如此做了，他媽媽一定會像挑媳婦一樣進行身家調查，而這是他最感頭痛的人生事之一！「我們就不能在天母找個地方吃飯嗎？」嚴無奈地問。

「好吧！你這公子眞難伺候！還好我杜紀是個爽快俐落的人，天母就天母！」

半小時之後的結果，完全超乎嚴的想像，他此時正坐在天母公園的公共桌椅上，和杜紀「野餐」——但，也不過是杜紀包包裡攜帶的一包營養口糧、一包蜜餞和一壺水！

「妳這也算是請客嗎？」嚴感覺，他的人生自從決定應徵偵探助手以來，一次比一次委屈！

「你正在吃我的戰鬥時存糧，希望你有點感恩之心。」杜紀冷然地說，「更何況我早先也有給你選擇的機會，是你堅持要依我的水平的。」

難道，這就是理想的實踐、過程中需要付出的代價和犧牲？嚴突然之間又覺得自己很了不起，他雖然銜著金湯匙出生，不過，爲了理想，他終究也是能吃苦的！「謝謝妳的午餐，我覺得很有意義。」嚴說，感覺自己又成長不少。

這下換成杜紀嚇了一跳！這公子哥兒被她這樣糟蹋，態度卻突然君子起來？「你不會是要辭職吧？等一下我們訪問完林家，我們可以去咖啡館午茶討論案情喔，我請你，不要輕易喪志啊。」

「眞的？」嚴眼睛一亮，但立即又陷入狐疑，「妳的袋子裡不會有蛋糕和即溶咖啡吧？」

「沒有了，沒有了！放心吧！」杜紀趕緊打開包包要讓嚴瞧個仔細，但，只見一捲衛生紙從袋子裡滾了出來……

「呵呵呵，我很注重衛生的，出門沒有衛生紙我會心不安。」杜紀羞愧地瞎說著。

不會吧？妳「野放」之前，明明就沒有衛生紙，這麼大一捆，我不相信妳沒找到……嚴還是把快要出口的話吞了回去，質疑老闆並不是他當偵探的目標，還是專注於眼前的大案才好。「我等不及要聽林家二老怎麼說，我們也差不多該走了。」

林宅不但地處天母，而且是這區少數的獨棟別墅建築，看來林家確實財富雄厚。此外，林宅不單有個客客氣氣地來應門的女僕，林老爺身邊還有個專業的私人看護，她細心謹慎地扶著林老爺從後花園進門，林夫人則提前在客廳的沙發主位上添加椅墊。等眾人都正式就座，傭人也給各位自動送上熱茶和茶點後，杜紀開始說了：「抱歉，打擾了，我是您女婿宋毅先生雇用的私家偵探，正在調查宋太太的案子，因此，想問一下幾個關於林育敏女士的問題。」

「這件案子警方不是正在調查嗎？我懷疑宋毅為何還要多

此一舉雇用私家偵探！」林老爺一開口就似乎話中有話。

為了讓林家二老對杜紀放下偏見和戒心，杜紀說了：「事實上，林育敏女士生前也是我的客戶，她曾來事務所討論她和宋毅的婚姻狀態，基於私人情感，我認為查清宋太太這件案子，我也有責任。」杜紀故意隱瞞林女是來算命的部分。

「什麼？妳是說，我們育敏早就懷疑宋毅了？」林夫人驚訝地問。

「她確實認為她和宋先生的婚姻有些問題，但我不敢斷言她懷疑宋先生什麼。」杜紀不願誇大事實，也不願引導宋家兩老走入偏頗的方向，她需要比較客觀的事實。

「可憐的育敏啊！為什麼她終其一生，就是找不到一個真正愛她的男人……」林女士忍不住哭了起來。

「林夫人，請節哀，我一定會盡力找出真相的……」杜紀誠懇地說著，「宋太太的第一段婚姻，是爲什麼結束的？」

「我們家育敏，妳也見過了，她從小就不是個外表出眾的人，也屬於內向、害羞的類型，別人雖然也不至於會欺負她，但也很少有人眞心喜歡她、誠心和她做朋友。」林夫人擦了一把淚繼續說，「實話說，她也沒什麼親近的好友，所以我猜她很渴望眞愛吧，唉！」

「她的第一段婚姻，當然一開始就是錯的，那個男人根本不愛她，只是爲了育敏的錢，所以兩人結婚不到一年，育敏就主動和他離婚了……這是六年前的事，因爲育敏給的離婚條件很優，男的也眞的只是個吃軟飯的無骨傢伙，倒是沒有惹出後續任何麻煩……」林夫人頓了頓，繼續說，「離婚後，育敏又在某個場合認識了宋毅，也許這個宋毅也是別有用心吧，他們的感情進展得很快，不到一年，育敏就和我們說她想再婚，我們當然很怕她又重蹈覆轍，但她本人堅持這次不一樣，她說，宋毅沒有粉飾隱瞞他自己的缺點，因此她覺得可以相信這個人，她認爲，這裡至少有一些眞心，即使它是畸形的，也是一種『眞』……唉！她怎麼……那麼傻！」林夫人說到此，突然旁邊出現放聲大哭的聲音，大家抬頭一看，竟然是杜紀在那裡哭得淚流滿面！

嚴立刻想起杜紀袋中有整捆衛生紙，慌忙中不加思索地趕緊拿出，不料，眾人看見這整捆衛生紙都立即傻眼，站在一旁的印傭忍不住笑了出來，杜紀自己也立刻遺忘前塵，加入笑局大笑起來，一時間，搞得眾人更加不知所措。

「抱歉，請原諒我的失態！我對宋太太的故事感到極度同情……」杜紀不好意思地說，然後又立刻回到正事，「請問那位前夫的名字是——？您知道他現在住在哪裡嗎？」

「他叫王中恆，現在應該還住在育敏當初送他的房子吧，在北投，詳細地址我抄給妳。」林老爺說著，正要向傭人要紙筆時，杜紀立刻將筆記本和筆遞給林老爺寫。

「妳覺得他會和我們家育敏的死亡有關聯嗎？」林夫人問著，由於杜紀爲她女兒哭過，她自然不再懷疑杜紀是「爲宋毅做事」。

「目前我們不排除任何可能，每個和宋太太有關係的人，我們當然都要查一下。」杜紀解釋著，「依您的說法，宋太太是個生活、交往單純的人？」

「她沒什麼親近的好朋友，可是當然，我們有我們的生活方式，我的意思是說，她當然應該也認識、接觸不少人，她喜歡上美容沙龍，做臉做SPA，也喜歡出入健身房、名店精品，當然她也出入一些交際場合，只是我們不認爲這裡面會有很熟的朋友，育敏自己也不是那種很容易、主動和別人熟的人。」林夫人解釋著。

杜紀突然發現自己忘了問一個早就該問的問題，所以趕緊補上：「我聽說，宋太太生前曾向你們抱怨過幾起可疑的意外，而這也是警方一開始就朝他殺偵辦的重要原因，不知道你們是否可以說說內容？」

「大概是在她死亡前一兩個禮拜吧，育敏有一次回來和我們閒聊，提起幾個可怕卻僥倖的意外，一次是她走在馬路旁，突然被推到公車道前，還好那台公車才停站又起步沒多久，還來得及及時煞車！所以並沒有造成什麼不幸；還有一次是她開車回陽明山，突然後面一輛車猛追她，還開到對向車道她的車旁邊，想要把她逼出山崖邊！多可怕！」林夫人說著，「當時我們都只當成是偶然的意外，並沒有特別懷疑什麼，只有慶幸一切沒事，因此也沒追問她細節，也沒想到要去報案，哪會知道，其實真的有人一直想殺她！我們真是太大意了！太大意了啊！」林夫人悔恨地自責著，眼眶又溼了。

「人生是真有意外發生的，我們不可能每一個小跌跤都會去懷疑是別人要殺害我們……所以，林夫人，妳真的不要再自責了。」杜紀安慰著林夫人，卻沒漏聽林夫人說的，他們兩老並沒追問宋太太這些意外的細節，所以她決定趕快轉移這個話題，「喔，對了，宋太太有給你們宋宅的鑰匙嗎？或是，你們是否知道誰可能會有宋家鑰匙？」

「育敏是沒有給我們宋家的鑰匙，不過，她曾有一副備用的藏在宋宅屋外，我們不知道她是否告訴過別人，也不確定她有沒有收走……」

杜紀和嚴對看了一眼，宋家居然有一副鑰匙曾經藏在屋外！

「宋毅本人知道這副鑰匙的存在嗎？警方是否有將它拿走？」杜紀問。

「這個問題眞是難倒我了，我眞的不知道，當初育敏告訴我們這件事，是因爲她和宋毅要去日本玩，希望清潔婦能在他們回來之前過去打掃房子，她託我過去找出鑰匙，幫忙開門讓清潔婦進屋，而在這之後，我有問過育敏，鑰匙是否有收進屋，但她只說她會處理，要我別擔心，我也不知鑰匙現在是否還在那裡，警方只有確認過我們曾幫忙開門讓清潔婦進屋之事，我也和他們說，事後鑰匙已還給育敏，因爲我並不知道育敏是如何處理的，自然沒有多說這些細節。我猜他們大概就認定，這只是一次單純的委託罷了……」

杜紀眼睛一亮，她懷疑，鑰匙是否現在還藏在那裡！「很冒昧想請問，不知你們方不方便將鑰匙的藏匿地告訴我？」

林夫人看了滿屋的人，然後說：「不好意思，失禮了，我只能私下告訴杜小姐。」接著站了起來，走到杜紀耳邊悄悄地說出了地點，「請不要洩露出去，不管鑰匙還在不在，畢竟宋毅還住在那裡。」

「放心，我想我甚至暫時不會讓宋先生知道──如果，連他也不知情的話。」杜紀承諾著。

「另外就是，想請問宋太太是否有寫日記的習慣？她是否對你們無所不談？她是怎樣紓解她的心事的？她在案發之前，是否曾經和你們談過除了那幾起意外之外的其他可疑的事？像是情緒發洩之類的？」杜紀繼續問著。

「育敏並沒有寫日記的習慣，她一直和我們相當親，而我們也只有她一個孩子，可以說，我們一直是她情感上的重要支杜，即使她有些決定我們並不贊同，但是我們從來不會與她爲敵，總是最後會讓步，支持她的決定。」林老爺說著，「連我這個硬老頭，她也是向來毫無隱瞞、懼怕的，她相信我們！」

「但沒有，她出事之前並沒有再說過什麼可疑的事，雖然說宋毅那毫不遮掩的風流，在我們家早就不是祕密了，但她並沒有特別再提起他什麼……對了，妳說育敏曾去找過妳討論她的婚姻，她說了什麼嗎？」林老爺似乎有些心痛，女兒竟沒有回家和他們聊！

杜紀感受到林老爺的落寞神情，所以她說：「宋太太並沒有特別來找我討論什麼情感問題，其實她是來問我是否有接消費糾紛的調查案，她的婚戒似乎使她皮膚過敏，她懷疑品質有問題，想要我調查一下，但我沒有接這類案子。」杜紀在內心強烈祈禱，希望她的觀察不會有錯！「當然我們有繼續閒話家常，而她只是告訴我你們也都早知道的事，宋先生似乎毫不隱瞞他自己的四處風流，我想，宋太太只是覺得我還可以談心，所以才順便和我聊起。」

林老爺果然神情緩和下來，「可惜她走得早，不然，妳應該可以成爲她可談心的朋友……」

「只是說也奇怪，育敏的婚戒不是偷偷重新訂做過了嗎？怎麼過敏的毛病又回來了？」林夫人不解地自言自語。

「抱歉，妳說宋太太重新訂做結婚戒指？這是怎麼一回事？」杜紀機警地追問。

「喔，也不是什麼大事，宋毅五年多前求婚時，還是個窮小子，所以買了一個品質有疑慮的婚戒，我們育敏有金屬過敏問題，所以戴在手上不斷發紅起疹過敏，她不忍心傷害宋毅的感受，也沒和他提，反而自己偷偷去銀樓，要師傅用較好的金囑按樣重做一個，這才解決了過敏的問題。」林夫人迷惑地說著，「怎麼突然又過敏起來？我最後幾次見到她時，確實有發現她的手指有過敏現象，不過我當時竟然毫不在意，也忘了問！我真是粗心！」

「會不會是，她又把舊戒指換回來戴？」杜紀提出其他的可能。

「不可能啊，她怕宋毅會發現，不敢把舊戒指藏在她家裡，但又捨不得丟掉，所以舊戒指是放在我們這裡的。」林夫人解釋著。

「方便讓我們看一下嗎？」

「好，我這就去拿，我也開始懷疑育敏是否有偷偷拿回去？」林夫人起身往主臥室走去。

再回來時，手上多個戒指盒。

「確實還在這裡！這就是當初宋毅買的戒指。」林夫人將戒指遞給杜紀。

「金屬材質應該是混銀，上面鑲嵌著一小顆等級、車工皆不佳的紅寶石。」嚴低聲向杜紀說著。

儘管是個便宜的戒指，杜紀注意到，指環內還是費工夫地刻了「JIM 2003.10.22」。

「裡面是他們的結婚日期和宋毅的英文名字嗎？」杜紀問。

「是的，正因爲刻了字，育敏才認定宋毅確有那個誠心，完全不在乎戒指本身沒有價值。」林老爺說著。

杜紀把戒指遞還給林夫人，「宋太太後來訂做的戒指用的質材是——？」

「純銀而已，紅寶石也是只選了一個品質極普通的而已。」林夫人回應著。

純銀應該不至於引起那樣的過敏才是，更何況，林女士證實，換了戒指後，林育敏確實是解決了過敏的問題。杜紀心中懷疑著，這究竟是怎麼回事？

「我注意到，宋先生並沒有戴著他自己的婚戒，他一直是這樣嗎？還是現在拔掉了？」杜紀追問。

「他啊！他除了結婚當天之外，再沒帶過婚戒！」林老爺說，「當然我們也沒把這件事看得太嚴重，台灣的人無論男女，沒有多少人結婚後會一直戴著婚戒的，所以我們當然也不覺得這有什麼大不了。」

「你們知道宋太太是在哪家銀樓訂做戒指的嗎？」

「好像是天母的邵記，如果我沒記錯的話。」林夫人答著。

「邵記，我會找時間去問問。」杜紀將店名抄在嚴的筆記本上，又指了指戒指盒，「我可以拍張照嗎？」

「請便。」林夫人將戒指移過去。杜紀拿出數位相機，拍了幾張。

接著她又問：「我必須再冒昧請問一下，宋太太名下有什麼個人財產嗎？她以前都是怎樣過活的？」

「育敏個人一直沒有什麼事業野心，由於我們家環境還過得去，也只有她這麼一個孩子，所以她幾乎沒有認眞做過什麼事，她若有什麼需要，我們當然是不會棄她不顧。不過，我們的家產倒是都還沒正式過戶給她，這點宋毅也應該知情……」

林老爺說著說著，陷入一種迷惘，「而且他們買那房子，我們當初也只是幫忙一部分的頭期款而已……」

「就您所知，宋先生可有爲宋太太投保任何鉅額保險？」

「事實上有沒有，我們還不知情，育敏本人倒是沒提過。」林夫人說。

「嗯，我想我暫時問得差不多了，如果我還有想到任何疑問，我會再回來打擾，希望你們不會介意。」杜紀站起身來，她覺得這一趟還頗有收穫。「我很遺憾你們的損失，希望你們節哀、保重。」

「杜小姐，謝謝妳這樣認眞調查育敏的事，如果有我們可以幫得上忙的地方，請千萬不要客氣，開口就是！」林老爺吃力地站了起來，握住杜紀的手，「我眞的希望育敏能有妳這樣一個朋友，可惜她沒有那個福分……」

杜紀也感動地回握住林家二老的手，她心裡想著，宋太太也許在愛情上很不幸，可是她卻是很幸運地擁有這樣一對慈愛的父母……

4

「午茶時間！午茶時間！哪一家？」嚴興奮地叫嚷著。

「先等我補血，喔——憋很久了——」杜紀秒殺流利地掏出菸、點好菸、吸了好大一口！

「喂！我的車上是禁菸的耶！」嚴一邊按下車窗，一邊出聲抗議。

「這個世界眞是無情！到處都禁菸，你就不能同情我一下嗎？等一下咖啡廳也是禁菸啊！」

「好啦好啦，妳眞是無藥可救耶！」嚴嘴上雖說好，但，一個按鍵之後，車子已經是敞篷的了。「不要說我詐，自由的天空之下，妳要怎樣都行。」

「我沒有要說你詐啊，我是很激賞你這種變通好不好！就像你認爲吃東西該有個座位好好坐著，我也只求抽菸也能有個座位坐而已。」

「妳怎麼知道我吃東西要有座位坐的要求？」

「噗——怎麼到現在還在問這種問題？你不是早該了解到本小姐驚人的觀察力了嗎？」

「說得也是，妳竟然注意到宋太太手指有過敏現象，而且那麼久了還記得！難怪妳可以當算命師！」

「如果要討論案情，先讓我們找個地方喝咖啡吧！不要問我哪裡，哪裡對我來講都沒太大差異了。」

沒多久，嚴在一家咖啡館外停了下來，「今天算妳運氣好，也算本少爺做善事。」

杜紀知道好事要發生了，難道，是嚴決定請客？她跟著嚴走入咖啡館裡，只見嚴跑去和店老闆不知道說了些什麼，不一會兒，店老闆就帶著嚴往後頭走去，嚴回頭示意杜紀跟上來，老闆開了後門，來到一個小小的後院，後院裡有一組桌椅，桌上還擺著一個菸灰缸！

「老闆的特別吸菸座。」嚴說。

「嚴！我愛你！我超愛你！」杜紀興奮地抱住嚴，忘情地在他臉頰上親了一口，嚴也不好意思起來，心裡卻很高興！

待他們點完咖啡甜點後，杜紀忙問：「你怎麼知道有這樣的地方？」

「喔，老闆其實是我朋友的舅舅，但這個吸菸座是他私人的，沒有對外開放，所以妳別誤會。」

「我以後自己來，也不能要求使用這個吸菸座嗎？」杜紀失望地問著。

「妳這麼小氣的人，有必要擔心這種消費問題嗎？」

「這你就錯了！我其實本來並不小氣，是自從禁菸政策開始實施後，我才跟著禁消費的，算是一種抗議。」

「我完全同意妳的作爲！爲此，本咖啡館私人吸菸區隨時歡迎妳！」老闆拿著裝滿咖啡和蛋糕的托盤，突然安靜地出現在桌子旁。

「喔——願主保佑你！你實在是個大好人！我一定會常來的！」杜紀原本就閃著光亮的雙眼，此時更像是星空滿天般地璀璨，連老闆都臉紅起來，不敢直視。

「需要什麼隨時叫我……」害羞老闆一溜煙地退回店內了。

嚴開始有點後悔帶杜紀來這裡，可是隨即又對自己這種莫名其妙的情緒感到無聊，他嚴少爺多的是美女朋友，實在沒理由對一個大他五六歲的大姊姊，產生什麼奇怪的情感！

「妳對這個案子有什麼想法？」他決定討論正事。

「嗯，我的感覺是這樣的，因為宋家屋外有額外鑰匙，兇手已經不必然是宋太太熟識的人了，但，應該是熟識宋太太習慣的人——至少知道她每天早上喝牛奶。」

「宋先生還是嫌疑最大吧？」

「也不見得，雖然我也會很遺憾，如果他不是！可是就目前資料來看，他若殺了宋太太，其實也沒能得到什麼實質的好處——如果只是那種等級的小好處，他儘可想辦法離婚就行，不需冒險去殺一個人。而且不要忘了，還是有很多人我們還沒去接觸！我覺得我們應該儘快去和宋先生的粉紅知己們談談，雖然宋太太和她們都不熟，不過她們極可能從宋毅那裡熟知宋太太的習慣等等，暫時還無法把這可能性完全排除。」杜紀啜了一口咖啡，繼續又說：「我另外對宋太太的一些遺物感到好奇，我有一個朋友在偵查隊，我想應該盡速找他幫忙，看看我們是否可以多了解一些警方目前有的線索。」

嚴想了一想，發現自己實在太快就預計要抓到真兇，事實上，他們真的才開始而已，確實還有很多人還沒去接觸，也還有很多線索該去追蹤，「宋太太將鑰匙藏在哪兒？我今天下班後，可以偷偷繞去宋宅外面，看看鑰匙還在不在那裡。」

「腦筋清楚！我確實是希望你能順道去辦這件事，如果鑰匙還在那裡，可以大約猜測宋毅確實不知鑰匙的事，如果不在，十之八九是他拿回去了，要不然，就可能是兇手拿走的……」

杜紀頓了頓又說：「但我懷疑，有誰會有辦法知道那裡藏有一副鑰匙？」

杜紀向嚴解釋了鑰匙藏匿處，隨即卻又想到，今晚嚴可是得加班，「查鑰匙完全不急，我們最好今晚去酒店問一下話！」

「沒問題。」嚴突然想起戒指的疑惑，「對了，妳爲什麼會對宋太太的婚戒那麼感興趣？」

「我也不知道，我當初只是急尋一個藉口安慰林家二老，怎料會意外發現這件怪事？如果宋太已經重新做了一個純銀代替戒，爲什麼她的手指還會在死前不久又過敏起來？很沒道理，不是嗎？」

「會不會是她被慢性毒殺？她死亡前早已中過別的毒？」

「而中毒跡象只顯現在單一手指？不太可能。但，無論如何，我們得想辦法看到正式的驗屍報告，我真的得去找雄伯，我在偵查隊裡的朋友！」杜紀看了嚴一眼，有點訝異他也有尖銳的一面！如果那些意外是有人試圖殺害宋太太，確實有可能，宋太太早已被下過別的毒而沒死。

「不如我們分工合作、兵分兩路？這樣或許進度會快一些。」想到實在還有很多人得去拜訪，嚴建議著。

「很好是很好，可是，原諒我這麼說——你有你的優點，但在問話和觀察上，你還沒那麼細心，我怕我自己還無法完全信任你。」

嚴感到有點受傷！雖然他承認，他確實是菜鳥。

「別難過了！你對物品的品質和質材認識得比我多，還有一些高級場合，你去也會比我自然，我們都有各自的優缺點不是嗎？」杜紀精準地安慰著，果然嚴的臉上又恢復了柔和。

「我確實不如妳，妳在林府那場突如其來的大哭，眞是自然！果然也立刻贏得林家二老的信任。」

「公子言下之意，是非常確定我在演戲？」

「我想不出有任何理由妳是真情流露。」

杜紀本想反駁，但理性告訴她，沒有必要交淺言深。「我想我們應該先各自回去休息一下，晚上九點半再在事務所會合，一同前往酒店？相信今夜會很長。」杜紀建議，「你可以直接從這裡回家，我自己搭小黃就行。」

嚴本來想紳士地送杜紀一程，但，他看了看時間，決定趁宋毅還沒下班之前，趕去宋宅確認藏匿的鑰匙。「也好，我們確實是需要先休息一下。」

杜紀付了帳單，還罕見地給了筆大方的小費，承諾一定會常來光顧。走出咖啡館後，杜紀和嚴兩人各自離去。

5

晚上九點半。士林夜市一帶正是熱鬧。

嚴完全找不到停車位，只好打電話到偵探社。「小紀，我找不到停車位啊，妳能不能直接出來？我在門外等妳。」

小紀？我什麼時候和你那麼熟了？杜紀在心中抱怨著，但，至少他不是喊老紀，已經算是很有禮貌了，不必對年輕人苛求太多。「好，我的血剩一口，補完馬上出去。」

杜紀滿意地看著鏡中的自己，下午回來後，她補了個眠，一口氣睡了三小時美容覺，現在感覺容光煥發，而且，身上這件綠色絲質小禮服簡直展露出她最美好的一面，娃娃裝似的線條讓她顯得年輕了十歲；細肩帶低胸秀出她蜜桃般的胸形、細緻的肩脖線條，和修長的手臂；迷你長度的裙長也展現出她一雙美腿。

她蹬上一雙細跟涼鞋，自信滿滿地走了出去。

「咻——」嚴不禁吹了聲口哨，「妳今晚至少有九十五分！」

「當然，輸人不輸陣，不能讓那些鶯燕比下去！你也不差，完全是個多金、迷人、有品味的富家公子！」

嚴幾乎完全忘了現在其實是在加班工作，他真的很享受這種彷彿是約會的感覺，尤其是和一位美女，她今晚簡直看不出比自己年長！「哪一家？富豪世家還藍色貴族？」

「先去富豪世家好了，在東區。」杜紀正要繫上安全帶時，突然想起，「喂，我們開車聰明嗎？今晚說不定得喝酒，你知道的，要和小姐們套一下交情！是不是應該要搭小黃比較理想？」

「那我的車怎麼辦？這裡又找不到停車位！」嚴想了一想，接著又說：「還是開車去吧，萬一真的喝多了，再搭計程車回來。」

「也好，只是那裡離你家比較遠，你下次要去拿車時，比較麻煩，……啊！我真是想太多，你有司機嘛。」

上路後，嚴突然想起要通知杜紀他的發現，「我差一點忘記告訴妳，我去檢查宋宅屋外的鑰匙了，還在那裡！」

「真的？」

「不但是真的，那鑰匙看起來似乎很久沒人碰過。」

「怎麼說？」

「那個小洞裡已經有小蜘蛛結網了，要拿出鑰匙的話，必然會把蜘蛛絲毀掉。」

「蜘蛛結網也是很快的，只能說，最近這幾天沒人碰過，但不見得宋太太死亡當天沒人碰。」

「嗯，大概吧。」

「鑰匙還留在原來的地方吧？你沒有拿走吧？」

「沒有，我連碰都沒碰，因爲我一直在想，或許該告知警方，說不定那上面還有可疑人士的指紋。」

「不急，先讓我考慮考慮。」杜紀若有所思。

「考慮什麼？」

「聽著，如果兇手確實用了那把鑰匙，用完後甚至還藏回原位，我不相信他沒有想到過要擦拭掉指紋。上面應該不會有任何人的指紋。而萬一是宋毅本人故作玄虛，想假裝他不知道有那付鑰匙的存在，上面的指紋也絕對會是一個故意被他安排在那兒的他人指紋……」

「那，是要怎麼辦？」

「讓鑰匙繼續留在原處，我們說不定有用到的一天……」

「什麼意思？」

「我想找一天潛入宋宅。」

「什麼！這樣不就犯法了？」

「你不說、我不說，有誰會知道？我們又不是要進去偷東西，只是找線索。尤其，萬一我們得不到警方的幫助的話，總是得自力救濟。」

嚴不發一語，偵探的工作眞是比他想像中更可怕。

「你檢查鑰匙時，沒人看見你吧？」杜紀問。

「我不認爲會有人看見，我先按了門鈴，確定宋宅沒人才行動的，而且當時路上連一輛過路車也沒有，只有我。」

「很好，你做得很好。」

終於，他們抵達富豪世家。

一進門，領班就笑容可掬地迎上來，但當他得知他們只是來找特定小姐問話，馬上就擺出了臭臉。「妳什麼單位的？有證件嗎？」

「我們只是私家偵探……」話還沒說完，杜紀已經看見兩個彪形大漢迎上來了。

「她開玩笑的！她喝醉了！我們是來捧她的姊妹淘婷君的場的！」嚴趕忙編故事。

領班懷疑地看了看杜紀，杜紀也馬上說：「他才騙你的！我其實是刑事局局長！而他是我的跟班而已！」

領班決定，杜紀不是醉了，就是正在嗨。他馬上又換回笑臉，「抱歉抱歉！是我太不懂幽默！請跟我來，我馬上爲您安排小姐……」

他們被帶到一個包廂，先是公主們進來包廂送酒送水果小菜，接著，公主退去，兩名小姐進場，一進門就都往嚴身上貼去自我介紹，杜紀有種被冷落的不快感覺。

出乎杜紀意料外的，酒店小姐們看起來氣質並不俗，只不過是很極力討好客人罷了。

「嚴董，喜歡唱什麼歌？我來幫你點——」其中一名小姐用胸部頂貼著嚴的手臂，溫柔可人地問著。

「我杜董要唱『墓仔埔也敢去』！」一杯黃湯下肚後，杜紀的膽子也來了。

而幾分鐘之後，杜紀更站到包廂正中央熱歌熱舞，雖然她的歌聲殘障五音不全，可是她這一整套歌舞可沒有半點羞愧或遲疑，因此也就完全將原先半僵的氣氛轉爲熱炒，也掃去了嚴先前的尷尬和擔憂。

酒店小姐除了賺錢之外，也愛鬧愛玩，看到杜紀這麼玩得起，也立刻就無顧慮地放開了，沒多久，大家就沒有戒心地玩成一團，甚至杜紀要抽菸，小姐也會爲她服務。

「杜董是同行嗎？我剛剛聽領班好像這麼說。」其中一位小姐和杜紀問著。

「喔，我杜董眞實是個算命的。」

「眞──的──我最愛算命了！快！幫我算算吧！」小姐高興地說。

「除非妳坐檯不收錢，我算命才免費，合情合理吧？」

「喔──那倒是眞的……」小姐難掩失望之情，但她轉身立刻向她的同事宣布：「婷君！她是算命的耶！她會算命耶！」

那位一直將胸部黏在嚴手臂上的小姐，終於決定暫停，她立刻飛奔過來，「真的？我要算！我要算！」

「妳，因爲有即時的事故快發生，我得破例和妳談一談。」杜紀雖然是對著婷君說的，實則說給她身邊這位小姐聽，以免她覺得不公平。

而在此時，嚴也故意大聲說：「怎麼沒人過來陪嚴董喝幾杯啊？」

另一位小姐只好不捨地移過去嚴那邊，「等一下要告訴我是什麼事喔！」

終於，是時機了！「婷君小姐可有染上有婦之夫？最近死太太的那位。」杜紀故作神祕地問。

明顯地，婷君立刻臉色大變。「是怎樣？他太太陰魂不散嗎？喔！怎麼會這樣！可別來害我啊，我又沒有搶走她老公！妳可要看清楚啊，宋太太！」婷君幾乎是對著半空中喊。

「妳要告訴我實情，我才有辦法幫妳。」杜紀冷靜地說。

「宋董只是像所有的客人一樣啊！他和客戶來我們酒店消費，我坐了他的檯，後來他成爲常客，我們私下有過幾次性交易，如此而已啊，連感情都談不上！我對他也沒有好感，純粹是看在鈔票的份上，才……」

「怎麼說？」

「喔，等等，我得去一下洗手間！緊急！」婷君突然快速地走入包廂廁所。

正在杜紀感到狐疑之前，婷君再次走回座，「抱歉！上班中我不該講私人電話的，但是我正在熱戀中，我把手機偷藏在大腿絲襪上，所以……」

「妳正在熱戀中？」

「嗯，其實也交往一個多月了，但是還是很甜蜜啦！」婷君露出一副嬌羞神態，十足是個戀愛中的女人。

「妳男友知道妳在做這一行嗎？他不會不高興嗎？」

「喔，我自從和他交往後，就沒有再和客人私下交易了，我們是打算等我存夠錢，就要遠離台北，一起回南部去過正常的生活……」

「等『妳』存夠錢？他可眞是個有耐心的好男人！」

「噗！我眞是該對妳生氣的，但是妳講得也沒錯……不過愛上了，我沒辦法！」

「妳男友不會是宋先生吧？」

「當然不是！所以我才說，宋太太找錯人了！我根本就不喜歡宋董的，他這人眞的很變態！」婷君說著，還露出眞切的不愉快神情，「他要我和女人在一起……讓他看，眞的是很變態的人！」

「妳沒事了，宋太太已經了解了，她走了。」杜紀決定相信她。

「就這樣？」婷君狐疑地問。

「除非妳說謊，那她就會再回來。」

「謝天謝地！我絕對沒說謊！我甚至再也不想見到宋先生！」

好啦，富豪世家已經解決了。杜紀想對嚴使個眼色走人，卻發現嚴和無名氏小姐正在玩用嘴餵水果的遊戲！

嚴發現一道厲光射過來，趕緊推開無名氏小姐，正襟危坐起來。「妳們算命算好了？」

「好了，該去下一攤了。」杜紀不悅地說。

她火速地結了帳，兩人從泊車小弟那裡取回了車，離開了富豪世家。

「我不知道妳這麼大方，竟然付了那麼大一筆的帳單！」嚴驚訝地問著，「又是因爲那裡可以抽菸嗎？」

「是我們的委託人宋先生付的，我會向他『好好請款』。」

有鑒於之前的失誤，白花了一大筆錢而沒任何斬獲，杜紀試著先用手機和詩娜聯絡，想要把她約出來，但詩娜堅持她「永遠」沒空。

「該怎麼辦？總不能再去眞消費吧？」杜紀苦惱著。「這個人完全抗拒協助，可是反而讓我覺得可疑……」

杜紀轉頭上下將嚴打量了一番，「你，用最少的錢去藍色貴族點詩娜坐檯！和她交好。」

「交好？什麼意思？妳不會要我犧牲青春的肉體吧？」嚴嚇了一跳，難道當偵探還得犧牲這麼多？

「至少先認識一下啊，假裝對她有好感，問個電話什麼的，改日再私下約她出去吃飯，吃飯至少便宜多了！不是嗎？」

「那，是要怎樣用最少的錢進去消費？我沒有妳那種天份。」

「簡單，你獨自從容進去，先點一瓶酒就好，等詩娜來了，儘速把握時間放電，問她電話，然後我在外面算時間，快要一小時的時候，我打手機給你，假裝你家有事、你必須立刻趕回家，這樣你就能保留顏面地脫身了！她也不會懷疑你小氣，不肯和你做朋友。」

「好像可行……」嚴想了一想。

「就這麼決定了！不要遲疑，我們快去藍色貴族吧！」

半小時之後，杜紀獨留在車上算時間，嚴已經進去五分鐘了，她眞想知道現在怎麼樣了？她開始無聊起來，除了盯著錶，也沒別的事可做！她從皮包內拿出筆記本，打開，開始寫下：

（嫌疑）宋毅——已訪。

（嫌疑）詩娜——進行中。

（嫌疑）馮世慧——待訪。

（嫌疑）王中恆——待訪。

（嫌疑？）清潔婦——明日電話連絡？

邵記銀樓——明日訪。

雄伯——明日問警方資料。

然後她開始想犯罪動機，宋毅既不能從他太太的死亡中得到什麼實質大好處，如果他是兇手，他會有什麼樣更重要的殺人動機？她突然想起宋太太，宋太太來算命時，問的是「我老公會不會和我離婚」，怎麼現在這句話聽起來有點奇怪？彷彿她宋太太已感覺到宋先生有意離婚？可是當問宋毅時，宋毅卻很訝異他太太會這麼想，宋毅，這麼一個自我爲中心的人，認定自己沒有對太太隱瞞風流帳，也認定太太會自然體諒和接受他的所有風流，生活得如此自由自在，他又有什麼理由要去想離婚的事？

杜紀愈想頭愈昏，她再看看錶，終於過了半小時！整理思緒果然也很能殺時間！

會不會，確實有個女人告訴宋太太，宋先生有離婚的打算——嗯，非常有可能！這個女人或許把宋毅瞎說的甜言蜜語當眞，又看不到宋毅有任何行動，所以自己跑去和宋太太「談判」，讓宋太太相信老公要和她離婚——眞的非常有可能。

可是，眞的只因爲宋毅毫無行動，就要自己動手殺掉宋太太嗎？如果是這樣，這女人內在性格必定很瘋狂！

時間過了四十五分鐘了，杜紀決定不再等下去，她打了嚴的手機。沒多久，嚴匆匆地回到車上。

「怎樣？順利嗎？她有給你電話號碼嗎？」杜紀迫不及待地問。

「嗯，給了，很順利。」嚴喘了一口大氣，「能不能妳開車？我好像喝了不少。」

「沒問題，我們換座位吧。」兩人分別下車，互換位置。

等杜紀上路後，嚴疲累地往後仰，「我知道妳大概很想知道狀況，但是我現在需要休息一下。」

嚴說完沒多久就睡著了，杜紀本想送他回家，但，一來她不知道嚴家在何處，二來她若眞送他回陽明山，她不知道自己該怎樣下山，她可沒有司機！所以，她將車子開回偵探社，順利地在附近找到停車位，停好車後，她搖醒嚴。

「嚴，你喝太多了，最好不要開車回山上了，今晚睡在店裡吧！」

「好。」嚴睡眼惺忪地走下車，有些搖晃，杜紀趕忙過去攙扶。

好不容易將嚴扶回店裡，杜紀才猛然在內心尖叫一聲，她忘了自從嚴來上班後，她的等待區長沙發已經送走了！她懊惱了一會兒，只好把嚴扶到她房間的床上！「今天算你賺到了！可惡……」

杜紀幫嚴蓋好被子後，仔細確定嚴已經睡死，她悄悄地脫下小禮服，趕快套上睡衣，再從衣櫃中拿出睡袋，抓了一個多出的椅墊，往會議室而去。

「怎麼剛剛不讓嚴來睡會議室地板呢？我實在是自然天性太善良！」杜紀一邊和自己說話，一邊將睡袋攤開，鋪在會議室的羊毛地毯上。然後她去洗手間卸妝洗臉後，上「床」睡覺。

6

嚴從驚嚇中醒來！

不會吧？我眞的犧牲了我青春的肉體於詩娜了？看著眼前這間完全陌生的小房間，他在床上嚇得一動也不敢動，雖然他已經醒了。

「詩……詩娜？」他試探性地喊著。

房門開了，杜紀素顏睡衣地出現。「很遺憾喔，這不是詩娜的閨房。」

「太好了——嚇死我了！我以爲我這麼亂性！」嚴高興地

從床上跳起來，精神十足！但也是這時才發現，他的衣著根本很完整。

「現在，如果你不介意，我想要回我的房間。」杜紀說著，「浴室在外面，你可以去那裡梳洗。」

嚴走出杜紀房間後，才發現原來杜紀就住在偵探社裡，他之前確實有注意到走到盡頭的這個門，但他一直以爲這裡是儲藏室或倉庫之類的。

杜紀把睡袋收回衣櫃，發現忘記拿回昨晚當枕頭的椅墊，這又走出去拿，竟看見嚴身上只穿一件四角內褲，從浴室走出！

「喂！你不能在我公司內妨害風化啊！」杜紀生氣地說。

「什麼啊？我們不是都發生超友誼關係了，還在意這些嗎？」嚴故意捉弄她，「現在我突然記起來了，妳昨晚也有給我看內褲啊！白色蕾絲呢！」

嚴得到火辣的一巴掌，承認他確實太超過了。

「給你十分鐘，十分鐘後來會議室向我報告昨晚的狀況。」杜紀冷冷地說。

嚴走進會議室，驚恐地發現，今天的杜紀回復到仙姑造型！

「妳不會又要重拾算命舊業了吧？」他趕忙問。

「什麼意思？」杜紀完全不解。

「妳這身服裝打扮！是算命的工作服！」

「誰告訴你我這身打扮是算命的工作服？我天天也是這個樣子穿的！」

「昨天完全就不是！昨晚也不是！」

「昨天早上我還在戀愛中，昨晚是有年輕美眉得力拚，這都是特殊狀況，一般人哪有天天在穿王牌裝的？別再批評指教我的服裝了，趕快向我說明昨晚的情況！」

嚴整個精神都喪失了，除了杜紀又醜了起來之外，他自己還得穿回昨天的舊衣服，也讓他全身不自在！哪有人不換衣服的？他覺得自己髒死了。「我可不可以回家換個衣服再來？」他小聲地問。

杜紀整個人都要抓狂起來，「我五天不洗澡、十天不更衣，也仍覺得自己很清爽，你不要給我這麼娘！衣服天天換是要幹麻？地球的水都是被你們這些人用得快光的！怎不見環保團體來要你們禁水？」她抓起菸來猛抽，彷彿禁菸都是嚴的錯。

嚴把快溢出的眼淚吞回去，「我今天有約會嘛……和詩詩吃午飯……」

「誰是詩詩？誰准你利用上班時間約會的？」

「不就是妳嗎？不必查案了嗎？」

杜紀恍然大悟，「我的天！是詩娜！你不要把人家名字記錯！女人不會高興的！你趕快回去換衣服吧！髒死了！」

和嚴約好下午四點開會，杜紀覺得自己應該趕快去找雄伯，所以她和雄伯約在抽菸咖啡廳——因爲雄伯也是個菸槍，而且天母離他上班的分局也不遠。不過，怕咖啡館老闆認不出她這張差異極大的老臉，杜紀還是決定換上美女造型，她一邊推粉底，一邊感嘆，當美女實在是一件天下至麻煩的事！雖然她承認，當美女的優惠眞的比較多。

抽菸咖啡館中午才開門營業，杜紀決定一分鐘都不浪費，她打了個電話去問宋毅要清潔婦的電話，決定上午先去拜訪清潔婦。

清潔婦也住陽明山，不過，她住的地方是個老舊矮小的傳統雜貨店，清潔婦是她的兼職工作。杜紀的小綿羊以時速二十的速度，在上山沒多久之處就決定昏迷了，杜紀火大地把車推到路邊，開始健行——在高跟鞋上！沿路還有不少山友親切地和她打招呼，她覺得自己眞是健康養生的一分子！即使是快爆肺，也是由這早晨美好的陽明山空氣來執行，而不是她那罪惡的第一手香菸。

半小時之後，她終於頂著個花掉的妝和一頭亂髮，坐在雜貨店外的椅凳上。

「不知道妳是有什麼事情要問我？一定很重要吧？看妳這麼辛苦特地爬上來……」清潔婦同情地拿了一瓶易開罐可樂給杜紀，但是杜紀猶豫地看著可樂，不知道要不要接手，所以清潔婦趕忙又說：「我請妳的，不要錢。」

杜紀這才火速地拉罐，豪飲了起來！謝過之後，她立即就進入主題。「妳幫宋家打掃房子的時候，宋太太以前有留過備份鑰匙給妳嗎？」

「喔，警察有來問過我，沒有耶！以前都是宋太太親自爲我開門，只有一次是她媽媽來幫忙開門，那次宋家夫婦好像出國去玩。」

「據妳所知，宋太太是不是都自己買菜買日用品的？」

「當然！每次幫我開門之後，宋太太就會出門去買菜了，她一星期採購一次，每次買足一星期的份量，剛好都是在我打掃的時候去。」

「妳是固定星期幾打掃？」

「星期五，從來沒有改變過！」

「妳打掃的範圍是怎樣的？有幫忙拿垃圾到屋外的垃圾桶嗎？有見過任何農藥包裝嗎？」

「我只有掃屋內，他們家有個小小的前庭，那就不是我的範圍。我每週打掃的那天，我會把當天的屋內垃圾全都收集到屋外的垃圾桶放，從來沒有看過任何農藥的東西！不怕告訴妳，我們家以前也種菜、種水果、種花，那個納乃得農藥我不但有見過，我還用過，如果有看到它，我不會認不出來的。」清潔婦驕傲地表明。

「妳家現在還有這種農藥嗎？」杜紀追問。

「早沒有了！十幾年前就沒有再做農了，辛苦啊。」

杜紀失望了一下，「妳對宋家了解多少？曾經在他們家不小心看過奇怪的東西或文件或信嗎？」

「喔，他們家那麼大！我每次打掃都累得要死、忙得掃不完，哪有什麼心情去查看他們的東西？而且，我通常櫥櫃之類的東西，也只擦表面的髒污灰塵，不會去打開來看的。宋太太是很敏感的，東西若被翻過，她總是會發現的，我不是傻瓜……」

「喔？怎麼說她會發現？」

「她自己告訴我的，她以前曾經在一些櫃子抽屜動過手腳，可能做記號還是什麼的，我也不清楚，所以別人若打開，她就會知道，她說她就是用這個方式發現菲傭手腳不乾淨的。」

杜紀本想糾正她不是菲傭，但是又覺得這不是什麼大不了的。大概，雇主們會用各種方式試探下人，也不是什麼稀奇的事。而眼前這位清潔婦顯然通過了宋太太的試探，所以一直也相安無事，她杜紀似乎不需要再懷疑清潔婦是否偷看過什麼特殊物品。

「都不曾感覺過宋家或宋家人有任何異狀？」杜紀已經想放棄了。

清潔婦慢慢地搖了搖頭，「宋太太雖然不是特別容易和人親近，也很少和我閒話家常，不過她也完全不苛刻，她公私分明我也就公事公辦，我想不出、也看不出有什麼異狀的……」

「妳通常騎機車上工嗎？」杜紀看到店門口的機車。

「是啊，有什麼問題嗎？」

「方不方便送我一程？我的機車就在下頭不遠處……」

近午時分，杜紀已經順利坐進咖啡館的私人吸菸區，感謝清潔婦的相助，她終於不需穿高跟鞋下山！相對於杜紀感恩愉悅的神色，雄伯則是面有菜色。

「小姐啊——眞的爲了妳，害我五年都升不了官！可不可以行行好，好好經營妳的算命生意就好？老是要我從局裡偷查資料，妳眞的有一天會害死我！」

「別忘了，五年前若不是我，你現在還有公家飯可吃嗎？

做人要憑良心哪！」

雄伯實在不願再想起五年前，那個改變他一生的夜晚——那晚，一位老友嫁女兒，他因爲發現自己唯一的一套西裝被蟲蛀了，只好穿警察制服去赴宴，在酒宴上偏偏又貪杯，還仗著陽明山當晚細雨車少，他抱著僥倖的心，酒醉仍騎車回家。哪知一個轉彎後車就失去控制，連人帶車滑向對面車道，還撞上了迎面而來的一台小綿羊，杜紀當場斷了韌帶，哀嚎痛哭中竟不忘拿出數位相機在現場拍了照片存證，雄伯當時以爲自己就要斷送前程了，沒想到，杜紀拍完照，還自己用手機叫了救護車之後，竟然要他趕快離開現場！他當時以爲他是見到了世間最善良的天使，誰曉得杜紀當時正剛創業，她機伶地抓住了這個機會，在自己和警方之間搭起了一座橋樑，從此威脅雄伯……

「又在回憶往事了？我比較想談正事。」杜紀提醒雄伯。

雄伯嘆了口氣，「妳想知道什麼？」

「驗屍報告怎麼說？除了農藥之外，還有其他任何可疑之處嗎？」

「農藥本身就很可疑啊，行政院農委會四年前就公告，九十%的納乃得可溼性粉劑及水溶性粒劑自三年前起，就禁止製造、加工、輸入、販賣及使用。而死者體內的農藥應該就是九十%的，我們在死者家仔細搜過了，完全沒有剩餘的農藥或空瓶包裝等，農藥究竟是誰的、從哪裡來，警方還在追查。」

「唔！果然有意思！」杜紀做了筆記，又再問：「宋太太一開始總是有開始感覺不舒服的時候吧？爲什麼沒有立刻打電話求救？」

「如果劑量很高，她很可能在能應變之前就先失去意識了。」

「除了納乃得中毒之外，她身上還有沒有其他比較慢性的毒物？」

「什麼意思？」

「宋太太的手指有過敏現象，而她死前有幾次可疑的意外，所以會不會是她早就被下了其他毒性？法醫沒有發現什麼可疑的事情嗎？」

「單純只是廉價戒指，金屬過敏，我們問過宋毅，他坦承過去無力給太太較好的。法醫也沒查出其他毒。」

「是沒查出，還是沒想過要查？」杜紀懷疑地問。

雄伯一臉尷尬，「我會再問問。坦白說，我也不知道！我只是認定法醫有他的專業，既然他說只是金屬過敏，我們自然就接受它只是金屬過敏。」

「很好，我過一陣子後，會再問你。」杜紀稍顯滿意，「宋太太死之前的幾個可疑意外，警方有查到什麼線索嗎？」

「沒有，基本上，林家二老連出意外的日期都不知道，公車那個意外甚至連地點在哪兒都不知道，要警方怎麼查起？宋太太本人又已經死了，無從問出更多細節。」雄伯和杜紀都雙雙嘆了口氣。

「據我目前調查，我找不出宋毅有何明顯殺人動機，警方爲何還懷疑他？」

「誰告訴妳宋毅沒殺人動機？宋太太中了大樂透一億多台幣啊！他怎會沒有殺人動機？」

「什麼！宋毅知道嗎？」杜紀大大地吃了一驚！她果然應該早一點和警方連絡！

「他堅稱不知情，可是中獎的樂透彩券是在他的鞋櫃裡，其中一隻鞋子裡找到的！難道宋太太自己藏到那裡去？」

杜紀想起清潔婦提過，她是不打掃櫃內的。「警方怎麼知道宋太太中獎的事？」

「宋太太冰箱上有個月曆，有格子的那種，上面記了不少雜事，不過多半是不重要的日常生活事，或一些自我提醒，她死前一星期剛好有寫下一組號碼，我們翻閱她過去的月曆記事，發現她不經常、但偶爾有買樂透，所以我們就追查了那一組號碼，發現她中了一億多，自然，我們也在宋家仔細搜尋這張彩券，很幸運地找到了。」

「眞是不可思議！宋太太自己已經生活無虞了說……我的意思是，她娘家環境不錯……」

「可不是嗎？財神爺看來很照顧她，只可惜她沒命享受。」

「宋太太的通聯紀錄有什麼可疑的嗎？」

「她的手機看起來是毫無可疑，但她家用的電話紀錄就有較多疑點，先生的女友之一，在酒店上班的，曾在宋毅在公司上班的時間打來家裡，我們當然有正當理由懷疑她是打去找宋太太的。」

「你是說詩娜？」

「看來妳有做妳的工作。」雄伯吸了口菸又繼續說：「但宋毅的秘書也有可能私下和宋太太連絡過，不過，宋毅堅稱他無法確定是他自己打的，還是秘書私下打的，因爲電話紀錄只顯示是從宋毅公司撥出去的。」

「秘書自己怎麼說？」

「她當然說沒有私人和宋太太接觸過，如果有，也是公事上——幫宋毅代撥，我們也還無法證實。」

「秘書曾在案發前請過假嗎？」

「案發當日是星期一，牛奶有可能在星期日上午過後就被下毒，因爲宋太太只有在每日早晨才喝牛奶，非常固定不變的習慣。而星期日那天，宋毅有陪太太去逛街買東西，兩人還在外面用晚餐，直到八點多才回到家，中間這段無人在家的時間，兇手可以預先下手，甚至不必特意請假，如果兇手不是宋毅的話。只是，我們也搜索過詩娜和馮世慧的住處，並沒有發現她們兩人持有宋家鑰匙。順便一提，也沒有農藥。」

杜紀本想和雄伯提宋太太在屋外藏的鑰匙，但，她覺得還可以再緩一緩，以防她自己未來眞的有需要潛入宋宅。

「宋太太的電腦內，有什麼線索嗎？」杜紀問。

「電腦內，甚至連電子信箱都請專人破解過了，完全沒有任何可疑資料。」

「還有其他什麼訊息値得告訴我的嗎？」

「妳知道的，我們多年來的遊戲，現在，只剩下『贖身提』了。」雄伯愉快地笑著，他向來最喜歡這一刻。所謂贖身提，就是他給杜紀警方查到的最重要的線索，以換取他的終極自由——一旦雄伯將這重要線索告訴她，杜紀必須發毒誓，她和雄伯此後各過各的獨木橋，兩不相欠。依照過去歷史，杜紀雖然從來沒用過贖身提，可是他熱愛看杜紀天人交戰的神情，甚至說是過度熱愛也不爲過。

「可是，我這次也有一個重要的線索可以交換！」杜紀一反往常，神態悠然地說。

「有可能嗎？有什麼是妳查得到，警方查不到的？」雄伯露出狐疑表情。

「我保證這是警方不知道的，看你要不要換囉，沒有終極贖身，只有王牌互享。」這回，換她杜紀看雄伯天人交戰了。

這個賤女人！老是來陰的！可惡啊！雄伯在內心咒罵著，沒想到杜紀會來這招！確實，他十分掙扎……

「怎樣？終於了解我的痛苦了吧？我當初在復健時，那個痛可是比我斷韌帶更痛！可是我咬牙撐過，嘴唇都咬得出血了，可也沒把你供出來，沒想到你這死老頭，竟想過河拆橋，弄出贖身提這種把戲來折磨我！你可真是忘恩負義！」杜紀彷佛羽扇綸巾地說著。

無法忍受這個女人對自己半生的折磨，現在還要加發紅利！雄伯豪氣地說：「不換！妳找得到的線索，我相信我們警方或遲或早也會找到！」

「果然頑固痴愚！我杜紀也不屑你的毒餌！我一樣會按照慣例，自己將線索查出。」

「我是沒關係啦，再過個十年，就能靠我兒子養我了，可惜妳青春有限啊，看看妳，不要說子孫了，妳到現在都三十好幾了，還沒嫁出去！可真不擔心啊！皺紋都開始浮現了，妳現在耳朵旁還有一根白髮在那裡飄，妳自己想清楚吧！」

「那根白髮是我故意去挑染的，多謝你這個牛爾大師指教。」杜紀冷冷地說，但內心決定，要趕快去美容院重生。

和雄伯攻堅完之後，杜紀照例大方地買了單離去，本來，她實在超想立刻殺去一家沙龍SPA好好拯救自己，但她還是忍了下來，最好趁今天還是美女造型時，把該解決的事解決掉，她隨便吃了個麥當勞午餐之後，決定去找邵記銀樓。

邵記銀樓就坐落在大街上，很容易就找到了，杜紀整了整身上的亞曼尼外套，優雅地走了進去。

「歡迎光臨。」老闆娘在櫃檯後親切地招呼著，「要找什麼？戒指、項鍊、手鐲？」

「老闆娘，是這樣的，我有個朋友以前在你們這裡訂做了一個戒指，雖然樣子也很普通，可是我還滿甲意的，所以想來問問看……」杜紀禮貌地說著。

「我們這裡常常有顧客來訂做，當然不是問題，只是不知那戒指是長怎樣？」

「喔，我有拍照！可以給妳看看！」杜紀從包包中拿出數位相機，很快地找了一張清楚的照片，她移過去給老闆娘瞧。

「喔，這個！」老闆娘露出嫌惡表情。

「妳還記得嗎？我朋友就是戴這只戒指過敏的！所以她來找妳訂做一個同款但質材不一樣的。」杜紀滿懷希望，看樣子，五年前的事老闆娘是還記得！

「妳不會也要用鍍銀的，然後還要刻字吧？」老闆娘已經明顯地翻白眼，「這到底是什麼戒指？我想破頭也想不通，爲什麼值得這樣特地訂做？」

「鍍銀？我朋友是來訂做的是純銀的！」杜紀說。

「是她給我看樣的那只才是純銀的，但她指定要的是鍍銀！才大約半個月前的事而已，我不會記錯！」老闆娘撇嘴地說著，「就算是那個純銀的樣本戒，工也不是多好，不知她哪裡去買來的？我們店裡工是精細有名的！」老闆娘顯然完全不記得五年前的自家產品。

什麼！宋太太來訂做第二個戒指？

爲什麼？

杜紀趕快翻出宋太太的照片，遞過去給老闆娘，「這就是我朋友，妳確定是她沒錯？」

「對！就是她，她脖子上這條項鍊我還記得，而且她下巴那裡有顆小痣。」老闆娘確定地說。

眞的是宋太太本人！杜紀在心中大大地吃了一驚，若是宋太太把純銀的戒指搞丟了，想重新再做一個，那她也不該還有樣本可供銀樓看，而且老闆娘也說了，那個原樣是純銀的，所以戒指並沒有遺失。宋太太知道自己會過敏，爲什麼再做一個時，竟會指明要鍍銀的？現在連她也不解了！「妳可還記得，我朋友有說些什麼嗎？額外要求些什麼的？」

「不是妳朋友嗎？妳怎麼會來問我？」老闆娘露出懷疑的眼神。

杜紀腦筋飛快運轉，她趕忙說：「其實是她不小心把戒指弄丟了，心情很不好，所以我想再做一個給她，好讓她驚喜，因此，我想知道她有什麼要求，希望能做得一模一樣。」

老闆娘還是有些狐疑，不過，顯然還可接受這個說法。「除了鍍銀之外，她只有要求要刻字，不過我不記得刻字內容是什麼了。」

「沒有資料可查嗎？我真的想做得一模一樣……」杜紀露出微微遺憾的神情，「我倆情同姊妹，她過去很照顧我，所以我真的很想回報她些什麼……」

「這樣吧，妳留個電話，我去問問師傅，看看他還記不記得，如果他那裡還有留資料或是他還記得，我會通知妳。」

老闆娘雖然這麼說，但神情看起來仍是很冷淡，想來她是覺得這筆生意沒什麼賺頭。所以杜紀也豁出去了，她說：「如果妳能幫我這個大忙，我再過一陣子就要找結婚鑽戒和全套首飾了，我一定會帶我未婚夫來貴店看看！」

老闆娘果然眼睛一亮，她含蓄快速地打量了杜紀上下一眼，「好，好，我會盡快幫妳問！妳留個電話吧，我一有消息一定會立刻和妳連絡！」她火速把一本顧客名冊拿出來，連同一支原子筆，遞給杜紀。

杜紀留下名字和自己的手機號碼，就一邊祈禱一邊走出店外了，雖然，極有可能宋太太要求刻的字，仍然是他們的結婚日期和宋毅的英文名字，可是因爲宋太太再次訂做第二枚戒指這種行爲極爲異常，杜紀也只好小心求證，希望能找出一個解答來。

回到偵探社也才下午三點鐘，卸除全身美女裝扮後，仙姑型的杜紀給自己弄了杯咖啡，就開始打電話和馮世慧預約明天見面，然後也驚喜地發現，林老爺連女兒的前夫王中恆的電話號碼都有留給她！所以她打了個電話過去，原本並不預期能在這種一般百姓上班時間找到他在家的，沒想到，王中恆居然在家！顯然，他也不是過著一般百姓的生活。王中恆答應受訪，但，得在一間PUB，今晚。

「八成想免費地敲我一頓！」杜紀感嘆地掛上電話，不過隨即想起，這當然是宋毅要付費。這，倒是奇怪了，如果宋毅是兇手，現成一個警方追著他影子不放，難道還不夠煩的嗎？他何苦還要自己雇用私家偵探再來一攤？杜紀還是十分懷疑地想著，難道他眞的是清白的？但如果是這樣，他爲什麼沒將樂透彩的事告訴她？

沒多久，嚴也回來了，比預估時間還早。

「怎麼樣？有沒有任何收穫？」

嚴一臉沮喪，「沒有。我眞的失去了我的魅力了嗎？實在教人難以置信……」

杜紀嘆了口氣，比起她自己，嚴確實應該是燒貨啊，怎麼會這樣？「你好歹也把昨晚和今天約會的經過講出來。」

嚴開始先訴說昨晚的狀況，「如妳說的，我只點了一瓶酒，不過詩娜說，奇瓦士不是她的毒藥，所以她要了她自己的酒，我們對喝了一陣子，還是她先喝醉的呢！一直去洗手間嘔吐！雖然她始終看起來很清醒的樣子，我幾次故意要問起她的私生活，她都神智清楚地躲開話題，所以宋毅的名字完全沒被提到……然後我找了個時機要了她的電話，她也給了，就這樣啊。我覺得她喝醉還是非常警覺。」

「今天呢？」

「還是一樣，我真的問不出所以然！她完全巧妙地避談她的感情狀態，甚至也沒露出一絲對我有興趣的樣子！實在讓我灰心極了……」嚴抬起頭來問杜紀：「我是哪裡有問題？我聞起來很臭嗎？還是怎樣？我有換衣服了啊！我回家後還又洗了個澡呢！」

「這確實是奇怪！如果我像詩娜一樣只有二十幾歲，怎麼樣也會覺得你是個不可多得的貨色。」

「眞的嗎——」嚴高興得都快掉淚了。

「除非我有戀父情結，那就沒辦法。」杜紀說。

「眞的除了比我老之外，宋毅哪裡比得上我啊？而且，拜託！他死會了耶。」

「現在又復活了啊，不是嗎？女人有時是很癡情的，愛上了就是沒辦法。詩娜這樣讓我覺得更可疑，她都沒有任何可疑的言行嗎？都沒有任何怪事發生嗎？」

嚴想了一想，「若說到怪事，好像是有一小件。」

「什麼？」杜紀催著。

「昨晚她去吐時，我自己也很茫了，不小心錯拿她的酒杯，可是一喝，發現酒杯裡面的是冷的烏龍茶，不是酒。」

「眞的？是她一直拿茶當酒騙你，還是她後來才偷改換喝茶的？」

「這我就不知道了，從她喝到吐，我想應該是後來才偷換的吧？大概眞的怕自己喝太醉，說出不該說的話來，她眞的是防得滴水不漏。」

「再這樣下去，眞的是只能開始跟監她了。」杜紀覺得很煩，如果說在偵探這職業中，有什麼事情是她討厭的，那一定就是跟監。

「事實上我今天就做了一些，我們午餐的約會一點多就解散了——她眞的對我不太有興趣，自然也讓我感覺不太開心，我假裝離去，卻偷偷跟蹤她，想看她會去和哪個帥哥見面。」

「結果呢？看到宋毅了嗎？」

「沒有，她去逛街購物！眞是讓我失望，她還在嬰兒部門買了個玩具熊！眞是不可思議。」

「我的天！她不會是懷孕了吧？而且懷的是宋毅的孩子！」杜紀興奮得大叫，「她是因爲害喜在吐，不是喝醉酒，她根本就沒喝酒！」

「這就解釋了她對我的完全不在意！現在想來，她午餐也眞的沒怎麼吃，還頻頻去洗手間！確實應該是害喜！」嚴此刻已經不在乎案子了，滿腦子只想解答自己爲何冷門。「妳眞是太棒了啊，仙姑！妳眞的應該去算命！」

「如果詩娜確實是懷了宋毅的孩子，她一定會希望給孩子一個完整的家，這麼一來，她就有動機視宋太太爲障礙了！」杜紀愈想愈興奮，「而如果她告訴了宋太太，宋太太當然有理由認爲宋毅可能會和自己離婚，這解釋了很多疑點。」

「不曉得宋毅知道這件事情嗎……」杜紀自問著，「如果他知道，這是他隱瞞未提的第二件大事了！」

「喔，那個古人唐伯虎還做了些什麼好事？也說出來讓我學學！」嚴酸葡萄地說著。

杜紀向他解釋了她自己今天整日的偵查情況。

「樂透彩？一切解決了！是宋毅，他一定就是兇手。」嚴認定著。

「我們會再找時間去拜訪宋毅，看他怎麼說，等一會兒要見王中恆，你是否想回家吃個飯、換衣服再回來？」杜紀問，她是不關心嚴是否要換衣服，純粹只是她不想供應晚餐。

「又不是要見美眉，沒必要浪費精神，妳晚餐要吃什麼？」

「泡麵，你要嗎？」杜紀算計著，這是唯一她願意花錢請客的東西。

「好吧，也很久沒吃了。」

只是嚴沒料到，杜紀是煮了兩包科學麵加一把青菜，這麼寒酸而已，以前他在國外唸碩士時，同鄉的同學也有請過他吃泡麵，但，那至少也還有加兩顆蛋！而且泡麵也不是科學麵這麼廉價的！這實在是太寒酸了！

「我中午獨自吃麥當勞，你吃什麼？還有專業的小姐作陪，你不要給我裝可憐。」杜紀冷淡地說。

「是孕婦作陪啊……」嚴低聲咕嚕。

「那更高級！我可是已經很久沒有吃過『團圓飯』了！我記憶中的最後一次是和一隻狗兩隻貓圍爐，你不要人在福中不知福！」

嚴實在很難想像杜紀究竟是過著什麼樣的生活，所以也就不敢反駁。

草草吃過晚餐後，杜紀本想就頂著仙姑形象出門，她十分相信這個王中恆也不是個什麼好男人，不值得用王牌裝來期待，不過，看到自己的員工穿得如此體面，她覺得，聲勢上還是不能被比下去！應該弄套便宜的「公司制服」給他穿！杜紀在心中盤算著，完全不顧公司也只有嚴這麼一位員工而已。

杜紀和嚴抵達PUB後，很快就找到王中恆，這個男人雖然看起來確實有種落魄的味道，不過，仍稱得上是個俊男，看來，宋太太是外貌協會一員。

「你好，我就是電話和您相約的私家偵探杜紀，這位是我的助手嚴先生。」杜紀公事化地說。

「坐啊，不知道你們有什麼事要問我？我和育敏都離婚六年了，而且也早已沒連絡了。」王中恆喝了一大口啤酒，開門見山地說。

杜紀向嚴點了螺絲起子後，自行坐下，嚴只好獨自走去吧台點酒，他給自己點了個伏特加檸檬。

「宋太太她過世了，你難道一點感覺都沒有？好歹也曾夫妻一場……」看王中恆如此直接，杜紀也對王中恆直問了。

「如果今天死的是我，你就看看那女人會不會在意？實在別急著給我安罪名，更何況，那個賤女人生前一天到晚指責我用情不專，可笑的是，她自己才是那個出軌的人！我實在看不出自己有何冷酷之處。」

「喔？怎麼說她出軌？」杜紀邊問，邊從嚴手中接過調酒。

「她總是對外放話說她自己是和我離婚後，才再認識而後嫁給那個姓宋的，事實上，我們還沒離婚之前，他們倆早就認識了！只是她離婚條件給得好，所以我也就乖乖閉嘴不反駁，但是誰能指責我負心？我再怎麼花，也沒像她這樣玩出成績和結果的！」

杜紀和嚴雙雙吃了一驚！竟然，宋太太自己也出軌？這可眞是意料不到的發展！

「我們怎麼知道你不是在胡說？現在人也死無對證了，我想你也不是個多信用可靠的人。」嚴說。

「呵，不必問我啊！你們可以去問問馮世慧嘛！她是個活證啊，她本來和宋毅是一對，看我們癡情的林育敏是怎樣拆散人家的？」

杜紀和嚴的下巴同時拉開！宋毅的秘書馮世慧竟然是宋毅的前女友！

「宋太太知道嗎？她怎麼會讓宋毅雇用他的前女友當秘書？」杜紀再問。

「我猜育敏八成不知情，她應該沒那麼大的度量容許這種事。」王中恆想了一想又補充說：「要不就是這位宋先生本領大，沒讓育敏發現。」

杜紀突然覺得，感情可眞是和人性一樣黑暗啊！宋毅在她心中已經很差的形象，竟然還是已經被粉飾過的！而宋太太看似一生爲情所困，竟然也有這樣毫不無辜的一段插曲。馮世慧已經嫁給他人，但顯然對宋毅還一直有感情，至今仍藕斷絲連，詩娜則極可能懷了宋毅的孩子……這一切，都是多麼讓人驚訝！反而，王中恆現在看起來，確實已經不算是多濫的人了。

「容我冒昧，你是靠什麼維生的？你眞的離婚後都沒再去威脅過宋太太嗎？」杜紀問。

「就知道妳會這樣想，」王中恆從口袋中拿出一份文件丟在杜紀面前，「育敏逼我簽的協議，妳別以爲那個女人有那麼笨。」

協議書指出，兩人同意，林育敏無條件將房子過戶到王中恆名下，並且負責即刻就將剩餘的房屋貸款還淸，同時願意支付兩千萬給王中恆作爲精神損失等補償。王中恆則同意接受此離婚條件，從此不得再以任何藉口或理由騷擾林育敏。兩人日後男婚女嫁互不相干。

「而且，相信我，他們這些人是何等角色，就算我想拿育敏和我的過去，去威脅育敏什麼，宋毅若眞知道了，會在乎嗎？他想要的不過就是錢嘛！他還會多在意育敏的什麼過去？我不可能有任何角度能威脅到他們的！」

「你怎麼知道馮世慧和宋毅是一對？你可能威脅不到宋太太，但是你威脅得到宋毅！」

「哈！這要怪就只能怪馮世慧自己了，是她來找我談的，這個癡情種，她向我說明一切，懇求我不要答應和育敏離婚！可惜她沒有任何好處能收買我……」王中恆喝了口啤酒，「我的確是可以威脅宋毅，但我王中恆濫歸濫，倒沒有那麼沒品。」

儘管如此，杜紀還是打了個問號，王中恆是否有威脅過宋毅的發達之路，恐怕也只能問宋毅了。

「你還沒說你靠什麼維生？」嚴認眞地補了充，因爲他發現自己的筆記沒有寫到這個答案。

「台北女強人很多啊，我現在也又有自己的金主了，雖然不像林家那樣財力雄厚，倒是貌美年輕多了。」

杜紀覺得自己快要把科學麵吐出來了，三十多歲猶未嫁，她十分堅信不是自己的錯了！「我接這個案子後，意外發現世界小得很！您的金主不會和這個案件的任何人有關吧？」

王中恆坦白地說出自己現在的同居女友，她任職於企業公關界，聽起來確實是和案子的關係人都無關。杜紀連再哈拉都懶，付了帳後，就抓著嚴快速離去了。而且很快決定今日到此爲止，下班各自回家。

7

可能因爲要訪談的對象又是個女性，嚴今天又是優雅公子形象，杜紀翻了翻白眼，無奈地走回自己的臥室「競裝」。制服計畫眞的得加緊腳步了！她一邊上妝一邊提醒自己，老天！她多麼痛恨生活要爲這種小事而忙碌、而積極。這眞是她雇用嚴時，沒有細心想到的後果！怎麼可以讓一個員工走出去永遠比自己體面？這樣誰還要鳥她的問話？

無視於嚴一路上暗喜的神色，杜紀決定，儘管夜市就在隔壁，她是沒時間去逛了，可是她應該趕快利用零星時間，在網拍上找一兩套便宜的男性服裝。

他們和馮世慧就約在宋毅的公司，因爲她相信宋毅的公司裡應該有個會議室，而且如果宋毅也在，她可以順便再假裝輕鬆地問問關於樂透彩的事、詩娜懷孕的事，以及他和馮世慧過去的那一段情等等。

終於，他們坐在會議室了，面對他們的，是一位杜紀不敢置信的身材纖細、皮膚白皙的氣質熟女。

「不好意思讓你們特地跑來一趟，我姓馮，這是我的名片。」馮世慧遞出自己的名片後，也從杜紀手中接過對方的。

「馮小姐，爲了不妨礙妳太多的工作時間，我就直接進入正題了，」杜紀再次端看了馮世慧的外貌，若是單憑外貌來說，她和宋毅眞可說是一對璧人。「我們查知妳和宋毅事實上早就認識了，而且曾經是一對，不知妳是否願意談談來龍去脈？」

「你們眞是厲害……」馮世慧先是訝異了一下，不過，也很快承認了這個事實。「應該算我自己不謹愼，我和宋毅過去就是同事，同樣是這個業界的，我們當時都是受雇的地產經紀人，都是單身，所以很快就成爲男女朋友了，這是十年前的事了。」

「但妳似乎對他舊情難捨？」杜紀問。

「我承認……六年前，宋毅在某些機緣下認識了林育敏，他認爲林育敏是他實現事業夢想的重要關鍵，所以他決定選擇她。我傷心欲絕之下，也很快嫁給一位不知情的追求者，我本以爲，我和宋毅就是這樣無緣地結束了，可是，我們誰也沒辦法完全和對方停止聯絡，他婚後成立了這家公司之後，更找我來當秘書，我也軟弱地無法拒絕……」馮世慧嘆了一口氣，「我很傻吧。」

杜紀實在很想說「傻的人應該是妳先生吧」！可是還是忍住

沒爆發出來，「妳是在專情什麼？妳難道不知道宋毅不只妳一位情婦？」完了！雖沒正爆，還是側爆了！

「呵，新娘都已經不是我了，我還在意些什麼呢？我既然對他無法忘情，也就決定放任自己到厭倦一切爲止，我早沒有夢想會當上宋太太了。」馮世慧苦笑地說著，「或許說出來很令人驚嚇，然而，他對林育敏愈不忠，反而愈讓我覺得好過……」

杜紀並無驚嚇，只覺感嘆！「妳對宋太太……我是說林育敏，有任何恨意嗎？」

「剛開始當然是有！如果沒有她的出現，說不定我和宋毅會有結果，可是，當我發現宋毅並不安分於我和她之間，我就不再對她有恨意了，反而，我開始有些同情她……我感覺她連我都不如，我至少是個沒身分要求什麼的人，可是她……她是他老婆……她究竟得到了什麼？我忍不住經常這麼想……」

「宋太太知道妳和宋毅的事嗎？你們過去是一對，妳卻來宋毅公司上班，她知情嗎？」

「她知道自己的先生和一位有夫之婦的秘書有染，但是她並不知道我和宋毅的過去。因為宋毅對她隱瞞了我們的過去，但是卻沒有隱瞞他和我在公司的曖昧。宋太太也知道我是個有家庭的人，可能是這樣，她覺得可以把這件事情視為不嚴重的一時風流吧。」

「為什麼她當初會不知道妳和宋毅的事？她難道都沒主動問過宋毅？」

「呵，我猜妳之所以知道我和宋毅的過去，應該是林育敏的前夫向妳透漏的吧？林育敏當時自己已婚，宋毅未婚，她才是急於甩掉自己的合法另一半的人，她的心應該也只專注於這件事，所以她並沒有很關注，當時確實是未婚的宋毅的過去。」

「林育敏的前夫拒絕了妳的要求嗎？他沒和林育敏提妳和宋毅的事？」

「他說除非我能出更高的價格收買他，這我當然是無能爲力，如果我有那個錢，宋毅還會選擇林育敏嗎？我相信他沒提，他要的是錢，同時應該也很高興，他能輕易擺脫這樣一個不體面的太太吧？……男人的青春比較長，我感覺，他相信他自己還能再找到另一個多金女人。」

杜紀深深地又嘆了一口氣，「妳怎麼還沒對這種男人厭倦啊？我光是聽這兩個男人的故事，就快立志當德蕾莎修女了！」杜紀看了一眼認眞做筆記的嚴，嚴本來就一直沒出聲，現在更是安靜了。

馮世慧再一次苦笑，「我確實每天都告訴自己，快了，快了，我對宋毅的情已經要盡了，我確實每天都認爲，我今天看到宋毅後，一定會突然完全覺醒了，他根本不是個值得等待的男人！可是，信不信由妳，我也常常想起林育敏的前夫，我幾乎可以理解林育敏爲何寧願選擇宋毅……」

「爲什麼？」杜紀和嚴都忍不住好奇，追問著突然停頓下來的馮世慧。

「因爲她前夫是個完全不長進、只要現錢享樂的人，但是宋毅不完全是這樣，他需要的是一個機會，一個絕佳或容易的起步，他並不只是一個只知坐享其成、好吃懶做的人，他有他的夢……」

杜紀強忍住自己想站起來甩門離去的衝動，她已經聽不進去馮世慧後面對宋毅的誇讚，她伸出手去緊緊掐住嚴的大腿，嚴差一點叫出來，趕快伸手拉握住杜紀的一隻怪手。

這個女人無藥可救了！杜紀心中斷言著馮世慧的命運。

「妳有兩個小孩子？」杜紀決定打斷馮世慧正在編織的癡迷。

「是的，老大五歲，小的三歲，都是男孩。」馮世慧回答著，難掩做母親的驕傲。

「恕我直問，他們有可能是宋毅的嗎？」杜紀一出口，不只馮世慧嚇了一跳，連嚴也吃了一驚。

馮世慧安靜了好一陣子，終於開口，「老大確實是宋毅的……老二我不確定……」

「所以妳當時去求林育敏的前夫，是因爲孩子？」

馮世慧流下眼淚，顫抖哽咽地說，「是的……但是我從沒告訴過宋毅，他是完全不知情的，我沒和任何人說過……連我先生也不知道。」

「爲什麼當時不告訴宋毅呢？」嚴終於忍不住問了。

「因爲他……因爲他不想要有小孩！他說過，他不是一個想要有下一代的人，我的懷孕不會使事情有所改變，或許只會更糟，我相信他一定和林育敏說過同樣的話，因爲他們也一直沒有孩子……」馮世慧已經淚流滿面了，嚴從自己口袋裡掏出一條乾淨的手帕遞過去。

「有可能，他確實也給了我這樣的感覺——他不是一個居家型的男人。」杜紀認爲自己講這樣一段話，是在安慰馮世慧。

「抱歉，我失態了，如果可能，我還是希望你們能繼續幫我保密，畢竟這件事和案情無關……小孩子是無辜的……」

「妳先生確實不知道這件事嗎？」杜紀懷疑地問著。

「我看不出他懷疑過，他對兩個小孩非常疼愛，我看不出任何……」

「我無意追問這麼多，只要他沒懷疑，我們當然就會幫妳保密。」杜紀諒解地急忙解釋。

等馮世慧平靜下來後，杜紀終於再次開口，「妳知道宋毅的其他女朋友嗎？」

「大概知道，都是一些酒店小姐而已。」馮世慧回答。

「他和誰比較常往來？這妳知道嗎？」

「我不是很清楚，這妳恐怕要問他本人……」

「妳的兒子恐怕要有其他兄弟姊妹了，難道妳也堅持不想知道？」杜紀感到馮世慧刻意地疏遠此話題，所以決心一賭。

馮世慧先是不可置信地看著杜紀，然後，她竟然笑了！「我眞是沒料到妳眞的這麼厲害！我想宋毅恐怕也沒料到吧？」

「妳果然知道。妳不會是在等著看好戲吧？」

「我確實是在等看宋毅的反應，可是他毫無任何異常，我猜那個女的也不是省油的燈，她應該還沒告訴宋毅，要不然就是……」馮世慧陷入一種沉思狀態。

「要不然是怎樣？」

「一個人有可能會突然改變想法嗎？宋毅會突然想要有下一代嗎……」馮世慧這段話與其是在回答杜紀，更像是在喃喃自問。

「這也並非完全不可能，人確實會因爲年紀而改變想法。」無視於馮世慧突然憂慮起來的樣子，杜紀又問，「妳是怎麼知道詩娜懷孕的？現在看來，絕對不可能是宋毅告訴妳的。」

「林育敏告訴我的。」馮世慧似乎完全不知道自己在說什麼，她的心思完全在別的地方，只是自動地回答問題。

「什麼！」杜紀和嚴簡直震驚地要從椅子上彈跳出去！「妳和宋太太私下交談過，妳爲什麼沒有誠實和警方說？」杜紀激動地問。

「我們沒有私下『交談』過！只是林育敏有一天突然打電

話來公司找我，她告訴我這件事之後就掛了，根本也不是交談，好像只是單方向傳達一個訊息過來而已，她也沒興趣知道我會有何反應，要不然她也不會話說完就立刻掛電話！」馮世慧煩躁地回答，「我不認定這是什麼私下交談，我自己當時也很驚嚇，我承認我應該告知警方這件事，可是我不想因爲一個惱人的單方傳話而被視爲嫌疑！自私地說……如果宋毅本人都不知道了，別人也不會認爲我會知道！我也想……我確實也想等著看看宋毅的反應……」

「妳現在還認定宋毅是不知情的嗎？」杜紀問著。

「我不知道！這我眞的不知道！如果宋毅已經不是以前那個我認識的宋毅，如果他已經改變想法，想要有小孩、一個完整的家，那他有可能是知情的吧……」

「妳接到林育敏的電話，是多久以前的事？」

「大約是她死亡的前一個星期，我不是很確切地記得，但是感覺差不多是一星期……」

「宋毅在公司嗎？我想再和他談談。」杜紀覺得馮世慧的魂已經不太俱在了，她想再向宋毅問話。

「他今天和客戶有約，但我可以去看看他回公司了沒，請你們稍等。」

但是宋毅並不在公司，所以杜紀和嚴就此告別了離魂的馮世慧。

「現在呢？」走出宋毅的公司後，嚴問著，他已經完全沒有方向了！宋太太竟然早知道詩娜懷孕的事！整個案子已經完全超出他的想像。

「去看相。」杜紀回答。

「什麼？不要吧！妳這麼快就想重操舊業了嗎？妳不要輕

言放棄啊……」

「誰說要放棄了？」杜紀立刻打斷了嚴的焦急，「我是說我還沒見過詩娜，應該要想辦法看看她也好！最好是能和她面對面說話。你再打電話約她出來吃飯。」

但是嚴心有餘悸，「可是她對我沒什麼興趣……」

「但是她對免費的午餐還有興趣！不然上次她也不會答應和你出去！是男子漢就快給我打！」

嚴在杜紀的淫威之下，也只好虛弱地照辦。

「約好了，在凱悅飯店……」嚴憒憒地掛上手機，完全不滿意自己竟比免費午餐還沒有魅力。「妳打算要怎麼做？裝陌生人坐在我隔壁桌？」

「這你不必擔心，你去赴你的約就是，其他的，由我自己想辦法。」

如果嚴事先知道杜紀的計畫是這樣，打死他他也不會配合——正在他和詩娜的午餐送上桌，準備開動時，他感覺有一團影子來勢洶洶，才一抬頭，就猛然地被甩了一巴掌，一個大肥肚挺在他眼前，臭罵著他。

「你這個狼心狗肺的東西！我辛苦爆肥爆醜懷著你們嚴家的孩子，你竟然和這狐狸精在外偷吃？你怎麼對得起我？」

「妳……」嚴本來想問對方是誰？是不是認錯人了？但是金星冒完後定眼一看，這個大肚婆竟然是杜紀！她現在的模樣完全不像仙姑，而是個看起來還很年輕的孕婦！

「我怎樣？應該乖乖在床上安胎嗎？是不是？怎麼能不識相地帶著你的貴子出來觀摩老爸偷吃、做胎教？」

「這位太太，妳誤會了，我和嚴先生只是非常普通的朋友……」詩娜終於說話了。

「妳這狐狸精當然會幫他這樣說話！誰不知道妳背後是安著什麼心？妳小心不要亂說話！要不然我連妳一起告！」

但是，詩娜拉開自己的購物袋，秀出嬰兒用品給杜紀看，「太太妳先坐下，有話好好說，我也是個孕婦，十二周了，絕不是嚴先生的，他只是向我請教嬰兒用品。」

杜紀很自然地臉紅，「是這樣嗎？」

嚴趕忙拉開椅子讓杜紀坐下，他覺得杜紀「快要生出來了」，希望詩娜沒有太眼尖。

「確實只是這樣而已，嚴先生很關心你們母子。」詩娜有著職業性的酒店小姐性格，似乎把全副精神放在圓融人際、消解糾紛，她認真地看著杜紀的眼睛，並沒有太注意杜紀有些輕微移位的肚子。

「妳是第一胎吧？肚子還看不太出來。」杜紀現在已經安全坐在椅子上了。

「是的，我孕吐得很厲害，體重沒怎麼增加，但是醫生說還算正常……」

「妳老公怎麼沒陪著妳吃飯？」杜紀說著，還故意瞪了嚴一眼。

「喔，我還沒結婚……」

「我也還沒結婚！這男人要我生他們嚴家的孩子，但是至今也沒說過要娶我！」杜紀故意委屈地紅眼，她拚命地強想著自己過去失敗的每個戀情，試圖催淚。「我連個名分都沒有！」

「唉！我覺得自己處境比妳更糟，我連懷孕都還不敢告訴對方……」詩娜幽幽地說，「他好像是個不想要有小孩牽絆的人……」

「怎麼不拿掉？離開他，好好地再找個好男人。」嚴是出於眞心的建議，他忘記了配合演戲這件事。

「你看你們男人多自私！要女人生就生、就女人墮就墮！你們究竟還有沒有一絲良心啊？」杜紀忿恨地說，她知道墮胎似乎不是詩娜的選項，不然她不會還去買嬰兒用品。

「我是個孤兒院中長大的孩子，我非常渴望有個自己的家，我不想拿掉孩子，也不想生下後遺棄他！我還是想盡力組成自己的家庭……」

「妳在那種環境中工作，妳怎麼沒有好好保護妳自己、做好防護措施呢？那種地方會有什麼好男人？」嚴繼續問著。

「你想錯了！我不是來者不拒的！事實上我從來沒和客人交易過，只有孩子的爸，只有他而已。」詩娜有些忌諱地看著杜紀，但，憑著多年獨立的社會打滾經歷，她猜測杜紀應該也不是系出名門，她畢竟也是個沒得到名分的女人。

「爲什麼就只選他呢？」杜紀問著，眼神中回應著女人間彼此的疼惜。

「因爲我愛上他了，因爲他讓我覺得，我是天下最美麗、最珍貴、最值得的女人……」

詩娜雖然回答得很簡單，但是杜紀卻能理解，她自己過去曾經交過一個其貌不揚，又沒什麼優點天分的男朋友，他也是靠著這個絕招擄獲她的芳心的。這門功夫，宋毅顯然也有練過。

「我呢，我會想辦法在嚴家爭到一個名分，直到我那頑固的公婆承認爲止。妳呢？妳有什麼打算？」

「我也是，我是沒有公婆問題，不過，我也是打算努力組成我自己的家庭，不管是要付出多大的代價，我絕不會放棄。」詩娜堅決地說著。

「妳打算和孩子的爸報喜訊了嗎？」

「不，我其實打算生米煮成熟飯再說，一個再怎樣不愛小孩的人，真的擁有了一個後，真的看到小寶寶的可愛之後，或許就會被融化了，所以我或許不會這麼快就告訴他……」

杜紀很訝異地看著詩娜，這個女人的決心如此徹底，她懷疑，是否馮世慧曾有過相同的決定；她也懷疑，若是詩娜發現她自己的計策在未來是全盤錯誤的，她會做出什麼樣的事來。

而林育敏，究竟是從何知道宋毅的情婦懷了孕的？她的死，和這件事有關係嗎……

8

「我拜託妳，妳以後有什麼計畫先和我說一下好嗎？」嚴不滿意地對著杜紀發牢騷，「妳看我的腿！都被妳捏青了！還有我的臉，應該也被妳打歪掉了吧？」

「拜託！不要拿這些小事來煩孕婦！」杜紀坐在自己的會議室的椅子上思索，連假肚子都還沒拆下來。

「孕婦還抽菸喔？」嚴說著。

杜紀於是伸手入孕婦洋裝，一把將假肚子扯出，「哪！嚴家金孫！趕快抱去餵奶！」

「哇！這肚子做得還眞像，妳是怎樣弄到的？過去的案子有用過嗎？」嚴摸著連肚臍眼都有的矽膠假肚，嘖嘖稱奇。

「我網拍買的，是爲了讓捷運或公車上的人讓座給我，滿意了吧？不要再問問題了！」

說完，杜紀跑到玻璃白板前，寫下：

宋毅：樂透彩；更自由（私）的人生。

詩娜：一個完整的家的極度渴望。

馮世慧：復仇；宋毅。

「妳在幹什麼？」嚴忍不住又發問。

「寫下嫌疑人，以及他們可能的殺人動機。」

「宋毅和宋太太在一起不是已經很自由了嗎？爲什麼這會

是動機？」

「我想起馮世慧提及的一點，宋太太的前夫王中恆，當初似乎還有些高興宋太太自己走人，所以，你怎麼曉得宋毅在事業漸成之後，是否也會希望甩開宋太太？別忘了，她當初來算命時，問的是宋毅會不會想要和她離婚？可見她應該有感覺有某些事已經和以前不一樣了！而且她給我的感覺是她不願離開宋毅，或許宋毅正是因爲無法甩掉她，才痛下殺手？」杜紀解釋著。

「也是有道理……那馮世慧呢？她如果要復仇，爲什麼會是殺掉宋太太？她知道詩娜懷孕，不是殺掉詩娜更合理些嗎？」

「我確實也是這樣想，不過，她等著看詩娜當她的實驗品，這樣她就不需自己冒險去告訴宋毅她早有了他的孩子。詩娜還殺不得……」

「那也不見得要殺宋太太啊，馮世慧應該知道宋毅並不愛他太太，有除掉她的必要嗎？就算有，爲何不是五年前下手而是現在？」

「五年前，只有她一個女人懷有宋毅的孩子，現在不同了，現在另一個女人也懷了宋毅的孩子。」杜紀頓了頓，「我知道去假設馮世慧是兇手還有點扯太遠的感覺，但是，我覺得她對宋毅的癡迷程度是無法想像的……或許因爲這五年來，她一直等著宋毅在宋太太心中成爲另一個王中恆，可是，這樣的事不但沒有發生，反而詩娜的出現和懷孕，讓宋太太成爲這三人中獨一無二的女性。一個不想要孩子的宋毅，會甘心、安心、無憂地繼續扮演相伴的角色……詩娜的出現，強化了宋太太無可取代的一面啊，更何況宋太太本來就是唯一一個有名分的人。」

「宋太太爲什麼要告訴馮世慧詩娜懷孕這件事？她自己又

怎麼知道詩娜懷孕的？」嚴問。

「你的問題問得好！可惜我只能回答出其一，我想了很久，覺得應該是詩娜自己去告訴宋太太她懷孕的事。」杜紀抽了口菸又說：「因爲如果大家說的都是實話，宋毅還不知詩娜懷孕，馮世慧是由宋太太告知的，那也就只有詩娜本人會是告知宋太太的人。雄伯也和我說過，詩娜有在宋毅上班時間中打過電話去宋家，那她就一定是去找宋太太而不是宋毅。」

「嗯，確實應該是這樣……」嚴突然又想到另一個問題：「妳覺得馮世慧沒有和警方說這件事，眞的是要躲避嫌疑嗎？」

「躲避嫌疑這一點當然是最合理。以她那麼想知道宋毅對小孩的反應，這件事趕快洩漏出去讓宋毅知道不是更好嗎？一定有必要由詩娜來向宋毅親自透露嗎？這才是不合理的地方！所以我才覺得馮世慧反而很可疑，她如果是在躲嫌疑，她究竟在怕什麼？」

「接下來要怎麼辦？」

「我們一定得再和宋毅談談，說不定雄伯那裡也要再打擾一次，我需要更多資訊……」

「妳和雄伯很熟嗎？」嚴好奇地問著，上次他並沒機會見到雄伯。

「喔，我們的感情簡直可比親兄妹了！」

雄伯才剛從廁所出來，一身正感輕鬆，同事老王就跑來和他說：「你妹來找你喔，她現在在審訊室等。」

「我妹？」雄伯有不好的預感，因爲，他並沒有妹妹。

果然，門一打開就看見杜紀大方坐在那裡，身邊還有個跟班。「妳給我出去！誰准妳來警局找我的？妳實在是愈來愈不像話了！」

杜紀二話不說，立刻按了一個裝置，只聽見雄伯的聲音正在說：「誰告訴妳宋毅沒殺人動機？宋太太中了大樂透一億多台幣啊……」

雄伯嚇得趕緊關上審訊室的門，「妳這個賤女人！竟然出這種賤招！妳竟然把我告訴你的事錄了音！妳……」

「眞是工於心計是吧？過獎了！有工具放在包包不用幹麻？當吊飾嗎？當然是要物盡其用啊！更何況，你大概也對我的舊招膩了吧？我早該換點新口味了！」

在一旁的嚴，臉色不比雄伯好看，嚴實在是太震驚了！沒想到杜紀竟然有這麼陰險的一面！他也開始認眞回想，自己從上班以來的一言一行，該不會有什麼影帶還是裸照之類的落在杜紀手中吧……

「妳到底想要怎樣？妳還想知道什麼？」雄伯咬牙切齒，壓低聲音地說，「宋太太只中一種毒，就是農藥，沒有別的了！」

「她的遺物在哪裡？我想看她的戒指。」杜紀說。

「妳這個瘋女人！這種東西我怎麼有可能拿來給妳看？連我都……」

杜紀立刻住了他的口，「照片總有吧？」

「妳要知道什麼問我不是一樣嗎？何苦讓我冒那麼大的險？我若被炒了，對妳有好處嗎？」

「哥哥說得極是。」杜紀考慮了一下又說：「戒指裡的刻字是什麼內容？」

「妳難道沒問宋毅嗎？就 JIM LIVE 2003. 10. 22 啊！我們請宋毅指證過了，他說沒錯，這就是他們的婚戒。」

「LIVE？你有沒有說錯？那是什麼東西？現場脫口秀？」

杜紀已經心頭波濤洶湧了，但是仍假裝平靜正常。

「我們問過宋毅，他說，這是代表他從結婚那天開始活著，只是一種紀念性字句而已。」雄伯回答著，仍是盡可能地壓低聲音。

嚴本想指出此意的英文錯誤，但是又覺得應該沒必要，台灣用錯英文的地方或東西比比皆是。

「找到農藥沒？」杜紀又問，她可不想一直專注在戒指的事上讓雄伯起疑，不過她很訝異宋毅竟然睜眼說瞎話！他應該知道這並不是他當初刻的字！當初並沒有「LIVE」！

「沒有，始終沒有找到農藥來源或瓶子或包裝。」

「你上次想提供的贖身提，是不是馮世慧是宋毅的舊好這件事？」

雄伯的臉拉了下來，不用他回答，杜紀也知道她猜對了。

「你們警方也知道詩娜懷了宋毅的孩子？」杜紀並不是想給雄伯甜頭，而是她認爲警方應該查得出這件事。

「小姐，妳這麼厲害，何必靠我幫忙？這種事妳竟也查得出，我想不出我還有什麼能幫妳的！」

「警方是從何處得知的？」

「我們搜索過她的住處啊！驗孕棒還保留著呢！警方當然很快就聯想到宋毅，不過我們是直接向詩娜求證的，她還希望我們暫時不要告訴宋毅。」

「那你們有告訴宋毅嗎？」

「我們也有種種考量，暫時還沒，不過也快了，我們的偵查似乎走到死路了。」

「什麼考量之下不早問他？」

「宋毅始終是嫌犯之一，目前我們幾乎沒有太多直接證據指向他犯罪，所以我們不想打草驚蛇，我們希望能先找到更多線索，再來殺他個措手不及！我同時也奉勸妳，不要壞了警方的計畫！」

「那你也得先告訴我警方的計畫是什麼。」

「妳暫時不要去攪宋毅那灘水就是！其他的妳不必知道那麼多，我對妳夠仁至義盡了！」

「還有什麼事是警方知道，而我還不知道的？」杜紀覺得應該也差不多了。

「贖身提。」雄伯雖然用字節約，但他可真的是希望能永遠擺脫杜紀的糾纏！

「不會是馮世慧的小孩是宋毅的這件事吧？」

再一次的，嚴的臉色陪著雄伯慘白！杜紀簡直是個完全不能信任的人！她不到二十四小時之前，才答應過要幫馮世慧保密的！

「妳又是怎麼知道的？」雄伯虛弱地問。

「你先告訴我，我就告訴你！警方這次總不是又找到陳年驗孕棒吧？這也太扯了。而且馮世慧並不認爲有任何人知道！」

「全家福照片，老大長得像宋毅，我們有我們的方法偷偷驗了DNA，兩個孩子都是宋毅的！妳究竟是怎麼知道的？」

「我大膽猜測，直接問馮世慧的。但她本人並不確定老二是宋毅的。」

「好了，妳可以走了，我已經沒有任何東西能再告訴妳了……」雄伯像個洩氣的皮球癱軟在椅子上。

杜紀幾乎都要同情他了，她決定以「趕快消失在雄伯面前」來實際安慰雄伯，所以她拉著嚴往外走去。

「我們的媽媽亂刷卡，欠了一大筆卡債，所以我哥大概現在心情很不好，請你們多擔待……」杜紀對著辦公室，雄伯的同事們解釋著。

9

杜紀確實也感覺到自己的偵查也到達了一個死巷，不過，她決定壞人還是讓警方去當，不需要由她來告知宋毅詩娜懷孕的事，她可以等警方和宋毅約談了之後，再去找宋毅。

「我聽說你家常有人貢獻折價券、禮券什麼的，不介意給我幾張用用吧？我想去做臉、ＳＰＡ什麼的，還有做頭髮。」杜紀毫無羞恥地問著嚴。

「妳——怎——麼——會——知——道——的？這實在太離譜了！妳是不是在我車上裝了竊聽器？」嚴眞的開始生氣

了，雖然狀況比他擔心的裸照稍好些，但杜紀看來眞的已經對自己下手了。

「喔拜託喔！我有必要把器材浪費在你身上嗎？而且我也沒有那種東西！是你家的司機告訴我的。」

「我家的司機？妳怎麼會認識他？」嚴狐疑地問著，杜紀這女人有可能這麼神通廣大嗎？

「我不認識他！是他打斷了我和宋毅之間的火光交錯！你不是叫他去送貓回客戶那裡嗎？他找不到地址打來事務所問，我謹愼地追問他爲什麼要幫你做這種工作，因爲我怕你會把他的跑腿費用轉嫁到我身上！所以認眞地逼問了他這件事。」

嚴實在快昏倒了，杜紀眞的是他認識的人之中，最最最沒品的！他自己都快無能招架這女魔頭了，當然怪不了司機。「我家的東西爲何要圖利妳？」

「嚴先生，你以後最好不要經商，這條路你是絕對沒天分。」杜紀用算命般的鐵口直斷著，「你根本連圖利你自己都不知道該怎麼做。」

似乎有道理，嚴想著。反正那些東西都是免費得來的，而一位賞心悅目的杜紀，確實是他自己的福利，因爲杜紀本人根本不在意扮醜。「妳不是不在乎外貌？爲何突然想要搞這些瑣碎事？」嚴還是好奇地問著。

「一，現在閒著也是閒著，我們要等警方先約談了宋毅再行動；二，雄伯曾經污辱我，我氣不過；三，我不介意犒賞我的員工。」

「好吧，我回家找找。除此之外，我要做什麼？放幾天無薪假？」

「拜託喔！我都不好意思提醒你，你狗找到了嗎？我們接人家的案子可不是隨自己高興玩玩的！」

儘管嚴很不高興自己做苦工，而他的老闆卻悠哉地上美容沙龍，但是，杜紀還是得到她該有的報應了——

隔天早上來上班的嚴，發現杜紀竟然頂著一頭比平頭長不了多少的超短髮！可是她也更加反常地「衣料節約」到極致，該露的優點都露了。

「發生了什麼事？」嚴雖然覺得杜紀現在非常性感，毫不輸從前，但也仍不解地問。

「那個美髮師嫌我不是假人或雕像，我嫌她技術和理解力太差，試圖親自示範美髮大師崔伯首比的技術給她看，意外就發生了，她的利刃不小心剪下我一大撮長髮，我一氣之下乾脆剃光頭。」

嚴強忍著瘋狂爆笑的內傷力道，痛苦地說：「也沒有光頭啦，確實是滿短的就是了……」

「可不是嗎？相信日後很省洗髮精！而且我連染髮錢也一併省下了！」杜紀雖然是有一點高興能省錢，但是還是擔憂地問：「會不會很男人婆啊？我以後是不是連被搭訕的可能性也消失了？」

嚴於是明白杜紀之毫不惜肉的原因。「不會啦，妳繼續這樣穿，沒有男人的眼光有辦法從妳身上移開！妳做得很好！很加分！」這可不是安慰，嚴都覺得自己眼睛快要變成色老頭的那一雙了。而且，超短髮的杜紀現在看起來很年輕，或許做臉做SPA也有強力加持，她看起來彷彿和自己是同年代的。

看來嚴說的話眞是不假。杜紀問了他一個不知是什麼的問題，還重複了三次，他才發現自己已經迷失在杜紀的乳溝之間，

「什麼?妳剛剛說什麼?」

「先生，我的眼睛在上面!」杜紀開始覺得自己過度裝扮了，她雖然現在需要挽回自信，但是可不想移植眼睛的位置!

「我是在問你，狗找得怎樣了?」

「喔，我已經打聽到一隻符合特徵和形容的狗，等一下就會去確認，妳要不要一起去?」

「不了，我這裡還有點事要辦，我們就各自行動吧。」杜紀的事其實是要上網買嚴的「制服」，所以她希望嚴趕快離開。

等到嚴終於走了之後，她立刻去臥室抓了一件薄外套搭在身上，然後開始上網物色制服。

很快的，她找到兩套便宜且全新的平民男裝，和賣家聯絡上，並且約好立刻就去指定捷運站內面交，半小時之後，拿了衣服、付了錢，這才高興滿意地回到偵探社。

她一邊熨燙著嚴的新制服，把吊牌拆下，一邊打開電視，沒多久，竟然讓她看到一條令人震驚的新聞：

一位花名詩娜的酒店工作小姐，被發現中毒死於自宅中。

詩娜！死了？

她立刻抓起電話，打去問雄伯，雄伯非常忙碌，只簡短地告訴她，他們警方已經在昨天告知宋毅關於詩娜懷孕的事了，宋毅當時堅稱事先毫不知情。還有，詩娜應該也是死於納乃得農藥，是被下在她固定服用的健康藥品膠囊中，現場依然沒有農藥包裝等物。待杜紀想問更多問題時，雄伯稱忙，隨即掛電話了。

宋毅家中或手機電話，甚至公司電話，完全自動轉入留言系統。

杜紀覺得很無助，把嚴Call回公司，雖然嚴已經找到狗，但是她還是高興不起來。兇手是誰？詩娜的孩子，應該也是沒救了吧……

「嚴，我們是時候潛入宋家了。」

「可是，妳看電視，現在已經有媒體在宋家門外駐守了！」嚴一邊看著Live轉播的新聞一邊說著。由於這已經是第二起毒殺案，而且兩案顯然是相關的，媒體的關注程度已經大幅擴大，不只是宋家，連馮世慧的家門外也無法倖免。

「宋毅除非昨天以前已經出國離境，不然他是躲不了多久的！我敢說，很快他就會被找到。只要他一被找到，媒體就不會繼續留在宋家外了。」杜紀說。

正在此時，門鈴響了，杜紀前去開門，赫然發現站在門外的不是別人，正是宋毅。

「我沒有地方可去了……」宋毅戴著棒球帽和墨鏡，遮掩住自己的面貌。

「先進來再說。」杜紀讓宋毅入門，然後左右張望了一下街外動靜之後，這才趕緊把門關上。

嚴給每個人弄了杯咖啡，三個人都坐在會議室中。

「警方在四處找你，你這樣躲避好嗎？」杜紀先開了口。

「不是我！人不是我殺的！可是我知道他們一直在懷疑我！昨天他們才告訴我詩娜懷孕了，我知道他們想知道我會有何反應，我也老實回答他們，我的人生計畫中還沒有下一代！昨天我才這麼說，今天詩娜就死了，他們一定認定我就是兇手了……」宋毅把頭埋在兩手之中，六神無主。

「你爲什麼沒有告訴我彩券的事？」

「我雇用妳，是要妳替我抓出眞兇，洗脫我的嫌疑！妳根本不需要查我！妳還不懂嗎？所以我何必對妳解釋我的嫌疑處？妳一開始就應該要完全排除我，努力地去查我之外的所有可疑對象！妳顯然沒有做好妳該做的事！事情才會演變成如今這樣！」

宋毅已經完全是個老闆心態的人了，杜紀心裡這麼想，然而，她承認宋毅處境已經夠糟，自己也從沒把他排除在外，甚至是現在、此刻，她還是不能確信宋毅完全無辜，所以她也不願和宋毅辯駁。

「可是你至少應該告訴我，馮世慧是你的舊情人，你爲了娶林育敏而和她分手。」杜紀心平氣和地說著，「如果你眞心要我盡快抓出眞兇，你至少該節省我的精力！」

「我……我以爲這件事沒那麼重要……」宋毅露出尷尬神

態，繼而又說，「我承認，我一度以爲我們之間，我是指……我和妳，也許有可能可以當……好朋友……是因爲這樣，我才沒有把這件事說出來的……」

這個死金魚佬！嚴在心中咒罵著！他以爲自己會看到臉紅暗喜的杜紀，沒想到，他聽到杜紀冷冷地說：「你又如何解釋你也沒對警方說明此事？警局裡難道也有可以成爲『好朋友』的人？」

與其驚嘆杜紀的冷靜腦袋，嚴其實差點爆笑出來！杜紀也有很冷的幽默感。

宋毅尷尬地沉默著，不知如何回答，但是他還是勉強地說，「我眞的不知道自己在想什麼！但是，不是我，人不是我殺的。」

杜紀嘆了一口氣，「你應該也知道你太太的婚戒刻字的事吧？和原本你刻的內容微微不同，你也沒有告訴我這件事！但是算了！我只想知道那個多出的 Live 是什麼意思？」

「我自己看到的時候也很驚訝，我發誓我眞的不知道那個字是怎麼多出來的，我也是想了很久想不通！」

「那你又爲何沒立刻向警方反映這件事？當警方給戒指你指認時，你不但沒立刻說你不知道，你還編了個謊給他們！爲什麼？」

宋毅頭大到沒心思去注意杜紀傑出的偵查成績，「聽著，我知道我自己不是兇手，所以任何可疑、而且只針對我而來的物件或問題，我傾向不去攪出更多污泥來。那個婚戒是我給林育敏的，什麼時候多出個字、什麼原因，我不知道也不想惹出更多嫌疑！我也要再次提醒妳，不要把心思放在我身上！趕快去別處找兇手！」

「其實，如果不是你，可疑人物也就只剩下馮世慧了，你總可以談談她吧？她有可能是兇手嗎？你們當初分手是否分得很難看？她有可能恨你嗎？」

「她是可能恨我的，當初我決定娶林育敏時，我敢說她一定痛不欲生吧……她在很短的時間內嫁給她先生，誰都知道這是賭氣。但是坦白說，我當時對她的作爲並不關心，我們分別結婚之後，大概有大半年都沒有聯絡，我也完全不知道她過得好不好，也沒去打聽過。」

「那是怎樣又聯絡上的？爲什麼你會雇用她當秘書？」

「我結婚後，剛開始完全忙於成立我自己的公司，等到我的公司終於正式成立了，這才有一絲心情和時間想起她，所以我打電話和她連絡，兩人約在外面敍舊，她說她剛生了小孩，但是有意思盡快重回職場，我於是提供這個工作機會給她，她欣然接受。」

「你完全感覺不出她有任何異常或恨意？」

「坦白說，沒有。但我也說過了，我不是女性心態專家，她若眞的對我隱藏著任何恨意，我恐怕也不會知道。」

「她曾向你提過她的小孩嗎？」

「喔，她知道我的！她知道我對小孩沒興趣，沒有，她從沒提過她的小孩。妳爲什麼突然問起小孩的事？」宋毅露出疑問不解的神情。

「沒什麼，一般而言，當父母的人都滿享受談起自己的孩子的，我只是想從各方面多了解馮世慧這個人。」杜紀當然只是想探查看看宋毅是否知道馮世慧的小孩是他的，但她決定放棄追問，「還有就是，你太太死前發生的幾起意外，我覺得有追查之必要，你還記得一些細節嗎？」

「我告訴過妳，她沒向我提起過意外的事，她只向她娘家提過。妳是不是在套我話？妳還要再花心思懷疑我的話，我就不打算續雇妳了。」宋毅無力地嘆了口氣。

「我只是想多知道那些意外的細節，我忘記宋太太沒有告訴過你！」杜紀當然是說謊，不過她現在確實是希望能得知更多關於這些意外的資訊。「喔，對了，林育敏的前夫可有私下威脅過你？他有沒有以各種方式向你要錢？」

「沒有，我知道育敏已經給他很多了，況且，他何必向我這個沒錢的人要錢？」宋毅一臉不解地問。

「你有沒有詩娜住處的鑰匙？」杜紀趕快轉移話題，「不是懷疑你，我只是覺得馮世慧有可能有機會複製一副。」

「我確實有，要不然警方也不會這麼懷疑我了！」宋毅從口袋中掏出鑰匙包，打開秀給杜紀看，「它和我其他的鑰匙都掛在一起。」

杜紀在宋毅許可下，拍了幾張照片，詩娜的鑰匙在最尾端。

「你和馮世慧都在什麼地方約會？有過夜嗎？」杜紀再問。

「有時在公司，有時在旅館，我們倆都有家室了，是不可能會過夜的，」宋毅說到此，突然頓住，「我突然想到，我們確實曾經一起過夜！有一次我們一起去台中出差，那一次在飯店住了一晚！」

「這是什麼時候的事？你覺得她有機會去複製鑰匙嗎？」

「確實有！我當天很累，大約吃完晚餐後就去睡了，她如果那時偷拿我的鑰匙去複製，我是不會發現的！」宋毅興奮地說著，彷彿這個發現能證明他的清白。「這是在……我想應該是育敏死亡前半個月左右的事。」

如果馮世慧能複製詩娜家的鑰匙，當然也能複製宋毅家的，馮世慧確實是有機會對兩位死者下毒，不過，宋毅本人當然也有一樣的機會。杜紀思索著。

「我問得差不多了，我一定會繼續追查的，」杜紀看著宋毅，「你這邊打算怎麼辦？我覺得你應該由律師陪同，自動向警方報到，再躲下去只會看起來更可疑。」

「這我也想過了，而且我現在已經記起和馮世慧一起出差的事，我覺得我應該能面對警察了……」

兩小時之後，宋毅果然在律師的陪同下，主動向警方報到。杜紀以匿名的方式，偷偷將這個消息提早透露給媒體，媒體得知消息後，當然爭相搶快改守警局，於是宋毅家門外很快就淨空了。

估計警方會連夜審訊，杜紀和嚴趁著入夜後，兩人都一身黑衣，偷偷來到宋宅外。

「妳想找什麼？」嚴問。

「農藥。」杜紀答。

「警方都徹底搜過了，妳怎麼會覺得，我們能找得到警察搜不到的東西？」

「所以我們不是要在屋內找，而是屋外！」杜紀來到鑰匙藏匿處，這裡其實是依傍在宋宅旁的一面擋土牆，外表看起來是一塊一塊大石堆砌而上的，宋太太就是將鑰匙藏於某處石縫之間，不過，石縫外表雖然看起來不是很大，但其實伸手進去後還有個小轉角的空間，鑰匙就躺在轉角後。嚴說得沒錯，已經有蜘蛛絲結在外頭了。杜紀用小手電筒照著。

「這樣你怎麼能不破壞蜘蛛絲，而又確定鑰匙在裡面？」杜紀驚訝地問。

嚴從口袋中掏出像是牙醫用的長柄小鏡子，秀給杜紀看，「我也是有工具的。」他說。

「你怎麼會有這種東西？不會是用來偷窺裙下風光吧？」

「怎麼窺？妳示範給我看！」嚴不滿地說，「我有在做模型，這個是我的城市街道上的轉彎凸照鏡！那天特地回家拔的！我家離這裡眞的不遠。」

「那爲什麼今天還帶著？」

「小姐——它從那天開始就一直放在我車上啊！我剛剛下車之前只是記得從車上帶出來！」

「喔，滿機伶的嘛！」杜紀將小鏡子伸進去，果然看到一串鑰匙還躺在那裡，「我想把它拿出來看一看。」

「這樣做好嗎？萬一，妳破壞了證物怎麼辦？」

杜紀戴上一雙薄手套，「蜘蛛絲也算證物嗎？」

杜紀小心地拿出那串鑰匙，把它攤放在一個自備的乾淨塑膠套上，雖然鑰匙只有兩支，明顯地都是宋家的，但是杜紀還是把數位相機裡，宋毅的鑰匙照片找出，認眞比對。

「嗯，兩支都是宋家的。」杜紀然後把鑰匙裝入塑膠封套，放入自己的包包。

「小姐，妳要外帶喔？」嚴緊張地問。

「放心，我會交給警察！你的城市裡還有沒有這樣的鏡子？」杜紀指著在自己手上，嚴的那根類似牙醫小鏡的東西。

「應該還有一根吧，要我回去拿嗎？」

「對，你回去拿，我們要把這些石縫都一一搜過！我留在這裡繼續檢查，你拿到後，趕快回來加入。」

嚴驅車離去，杜紀也立刻開始搜尋石縫，但她首先再次檢查了藏放鑰匙的石縫，裡面已經沒有別的東西了。

杜紀依序從石牆開始處的最左端搜起，才檢查沒幾個，嚴就已經回來了。

「靠！腰很痛！你家這麼近，你還那麼小氣，不請我去你家吃飯！」杜紀不滿地說。

「一言難盡，改天我再向妳解釋！妳要我從另外一端檢查嗎？」

「嗯！但是你請戴上手套，萬一發現什麼，先通知我。」杜紀提醒他。

杜紀和嚴，一左一右，立刻埋頭苦幹。

任何高於杜紀可及之處的石牆，杜紀都只能無奈地先跳過，儘管是這樣，不到半小時她也累趴了，一屁股坐在地上休息喘氣。

連休息也不要浪費時間。她一邊休息，一邊努力思索。

馮世慧比她高了不少，但嚴的身高足以涵蓋宋毅和馮世慧兩人的。除非宋家有屋外用活動梯，要不然，嚴身高之上的地方應該可以放棄……杜紀走到前庭，拿著手電筒左顧右照，梯子！宋宅不大的前庭中，確實有個可移式老木梯靠在庭中的一棵樹旁！乍看只像是個庭院的裝飾品，因爲一旁樹幹上也有掛著一個木製鳥屋。

杜紀趕快跑過去，她先是爬上梯子，確定鳥屋裡面沒有東西，然後下梯，把梯子移到石牆上靠著，然後她去叫嚴。

「嚴，你的身高涵蓋所有人的身高範圍，所以請你爬上這個梯子，只要檢查你在梯子上能觸及的石牆範圍！」杜紀興奮地說，她總有一個感覺，在這片石牆中的某個縫隙裡，應該還藏有別的東西。

正當嚴賣力地檢查較高處的縫隙時，杜紀自己也沒閒著，她也仍繼續在低處奮鬥。同時不忘觀察注意四周動靜。

一個小時之後，嚴低聲卻興奮地喊著：「小紀！我好像發現了什麼東西了！」

杜紀連忙跑過去，嚴一腳伸出去抵在石縫中，在樓梯上讓出一半空間，杜紀勉強爬了上去，用手電筒照著那個石縫，「眞的耶！雖然看起來有點像垃圾……」

杜紀小心地將帶著手套的手伸進去，勉強而緩慢地拉出一個小袋子。

那是一個日本泡麵的包裝塑膠袋，但是，裡面還有一些不知名的白色粉末。

「雖然不確定，但是我覺得我們找到農藥了。」杜紀說，「幹得好！嚴！」

嚴覺得很開心，雖然他並不十分相信那些粉末就是農藥，可是，任何人把這樣一個垃圾藏在高處的石縫中，都是十分奇怪的事！尤其包裝還是個日本泡麵的袋子，絕對不會是無聊的工人留下來的。

杜紀把這包東西小心地放入另一個乾淨的塑膠封套，兩人把木梯歸回原位，再次觀看了寧靜的四週，這才一起上車離去。

「嚴，先去清潔婦那裡。」杜紀命令著。

「清潔婦？爲什麼？最後證明她是眞兇嗎？」嚴想著一般的推理小說，最後的兇手總是跌破眾人的眼鏡，該不會現實生活中也是這樣吧——大偵探杜紀，現在就要去兇手面前，戲劇性地宣布「就是你」之類的情節似乎即將上演。

「你少在那裡做白日夢！我是要請清潔婦幫忙確定泡麵袋裡的是不是農藥！你以爲我有能力請得起鑑定專家嗎？」

「可以讓宋毅付啊！我們可以申請必要費用嘛。」

「我當然會申請！只是若能暗中省一筆，我不就能多賺一筆？我也要預先存好我小孩的奶粉錢啊！」

杜紀的人格實在太有缺失了！嚴在心中感嘆著，小孩的奶粉錢？她連男朋友都還沒有吧！太扯了。

很快的，他們抵達清潔婦的雜貨店外。

「糟糕！關門了耶，怎麼辦？」

「雙手萬能，你去敲門！要一刻不停息地、獸性地敲。」

「什麼？要我去敲門？那妳呢？」

「我來奪命催魂 Call，很公平，你出力我出嘴！」

如果嚴以爲自己很不幸，實際上更不幸的人應該是清潔婦和她的丈夫！才剛入睡的他們，突然間聽到鐵門聲響大作，緊接著電話又響起，兩個聲音都頑固地不肯中斷，直到夫妻兩個人都再也忍不住，決定起身應付時，偏偏都同時搶著要去處理較簡單的事——接電話，而想把較麻煩的推給對方，一大堆噪音之中，更加伴隨著兩人的爭吵互罵聲，最後，吵輸的丈夫只好來開門。

「有什麼貴事？這麼急，是怎樣？」老先生對著嚴沒好氣地說。

嚴懦弱地指著自己身後的杜紀，待老先生在要開口之時，清潔婦已經在他身後，「閃啦！來找我的！」

「抱歉，這麼晚來打擾妳，但是事情有點急，宋先生已經被警察抓去了，我們找到了一包東西，我是想請妳看看這是不是農藥。」杜紀很客氣地解釋著，手上拿著裝封的泡麵袋。

清潔婦和她老公稍早也有看過新聞，所以知道宋毅在警方那裡，倒不是基於主僕之情使她絲毫沒生氣——還十分熱心幫忙——而是她能親自沾到這一點熱門八卦話題的邊，這讓她很興奮，連她老公也十分願意進入狀況。

「因爲這東西還要交給警方，麻煩妳可能要戴上手套比較好……」杜紀從包包中取出另一雙新的薄膜手套，遞給清潔婦。

清潔婦完全驕傲了起來，雖然她這幾年的人生因爲幫人打掃，早已和手套結下不解之緣，但是現在可是檢查重要物證啊！她以前使用農藥時，當然也是有戴手套和口罩，不過現在的情況簡直就像電視裡演的法醫之類的！她小心戴好手套、接過泡麵袋，將裡面的東西倒出一些在杜紀事先鋪好的白紙上。

「怎麼樣？」杜紀心急地問，清潔婦看似裝模作樣地摸了很久。

「我覺得就是納乃得沒錯，這個粉粒感和我們以前用的感覺一樣！」清潔婦驕傲地回答著。

「太好了！眞是非常辛苦妳了！謝謝妳！」杜紀小心地將粉倒回泡麵袋中，再將泡麵袋送回塑膠封袋。

清潔婦很高興，尤其滿意杜紀說「辛苦妳了」，眞的很像電視劇劇情，所以她竟接口回答：「不客氣，這是我的職責所在。」

兩人匆匆告別清潔婦，決定今天到此爲止，各自回家明天再繼續。

一早嚴來到偵探社，看著杜紀放在會議室桌上的兩個套著塑膠套的「證物」，忍不住問：「妳打算怎樣？妳不能私藏這些東西。」

「放心，很快我就會交給警察，我只是要一點留底資料！」杜紀再次戴上手套，小心地把鑰匙串和泡麵袋從封套中拿出，然後開始一一拍照，「嚴，你去茶水間拿一根小茶匙來。」

杜紀用小茶匙挖出一些裝在泡麵袋裡的粉末，放入另一個乾淨的小塑膠封套裡。

「好啦！現在你可以把這兩樣東西送去雄伯那裡了。」杜紀說。

「什麼？又是我？那妳是要做什麼？而且我要怎麼向雄伯解釋我們有這些東西？尤其鑰匙還是知情很久未報的！」

「他敢說什麼？他們警方光明正大合法地去宋家搜索，沒有找到這兩樣東西，現在我幫他找到了，他還敢吭聲嗎？而且他並不知道我們很早就知道鑰匙的事，我們堅稱都是在昨晚發現的，他有何證據證明我們說謊？」杜紀不願去是因爲她現在這一頭超短髮，要不然她多熱愛當面羞辱雄伯一番的機會，但她現在這頭頭髮，恐怕還沒羞辱到他，就反而先被他給羞辱了，她杜紀絕不吃這個虧！「你放心地去吧！我的聲音會到的！你一句話都不必說，東西交給他就是了。」

「妳電話先打，我才要過去！」嚴拉把椅子坐下，決定至少要堅持這一點。

杜紀瞪了嚴一眼，立刻拿起電話，「你好，我是雄伯的妹妹，不好意思，家裡有急事要找他。」

「你別發火！我有重要證物你不想要了嗎？我找到農藥和宋家的備份鑰匙！如果想要，就給我安分些！你這條瞎蛇！」

「什麼！你這個餛飩烏拉圭！小紅帽他奶奶！」杜紀火大地把電話掛了。

嚴有點吃驚地看著杜紀，不知是什麼原因，這次她竟然戰輸了？

「那條青竹絲說我們得過去做正式的筆錄！」杜紀向嚴說完後，猛拉著自己的頭髮，「都是那個假崔伯首比毀了我——」

「妳不會是因爲頭髮才不願意去見雄伯吧？妳這樣很美啊！」嚴試圖建議。

「美？在雄伯眼中，要像雲煙那樣才叫美！我這樣是臨老混太妹！」

「誰是雲煙啊？」

「重要嗎？」杜紀狂抓著自己的頭髮，突然想起，她或許可以趕快去買一頂假髮！「嚴，你知道哪裡有賣看起來很自然的假髮？」

「我……我不知道，但是我覺得戴帽子應該比較快吧？鴨舌帽什麼的，也很有型啊……」

「帽子？這倒是好點子！我怎麼會沒想到？一定是受驚過度了！」

說著杜紀立刻奔向自己房間，找了一頂鴨舌帽戴上，她自覺不錯是還不錯，但是身上的衣服顯然不太配，所以又花了不少時間在鏡子前換衣走秀，最後終於定裝——合身的白襯衫、五分卡其褲，帥氣又不失端莊，還有一種怡然自得感。

她從房間走回會議室，將兩袋證物放入背袋中，「走吧！嚴！帶我去和我哥滴血認親吧。」

10

雄伯氣得快要提早中風，他再次將錄音機暫停，強忍著滿腔怒火，客氣地說：「杜小姐！當我問妳話的時候，妳要親自回答，不可以用放錄音帶的方式替代……」

「因爲你這個問題已經重複問我三次了嘛！我不知道你們警察是記憶力不好，還是錄音機是壞的，爲什麼同樣的問題需要問那麼多次？」

「妳心裡當然非常知道，這是警方固定程序，有時候受訪者在被問第二次或第三次時，會想起更多的細節來，而警方當然也可以利用這種反覆，察知被告知的資訊眞實性是否是經得起考驗。現在，請妳好好繼續配合。」雄伯按下錄音機之後，繼續又問：「妳杜紀，和妳的助手嚴先生，是在何處找到宋家備份鑰匙的？」

「在宋毅家後面的擋土牆的石縫中、在宋毅家後面的擋土牆的石縫中、在宋毅家後面的擋土牆的石縫中。哪！我已經老實地回答你三次了喔，你等一下千萬不要再問同一個問題了。」杜紀說。

雄伯再次暫停錄音，他整個人已經氣到全身無法控制地發抖，連想喝口水平靜下來，水都從杯子裡被抖出來，潑得桌上四處溼。

「妳不要敬酒不吃吃罰酒！我們警方是可以控告妳私闖民宅、妨礙公務、藐視法律的！妳眞的想要我這麼做，妳才甘心嗎？」

「我幫警察查到重要物證，這算什麼妨礙公務？妨礙警方悠閒的辦公步調嗎？我人在這裡，頭腦清醒地據實、且重複地回答問題，何來藐視法律？我是宋毅雇用的委託人，這又算什麼私闖民宅？」

「很好！罪再加一條——妳協助罪犯！」

「踏馬——帝！是我勸他主動向警方報到的！這叫協助罪犯？更何況他有法律保障的權利可以請律師、可以請偵探！他也還不是個確定的罪犯，你警察做到哪裡去了，秦朝嗎？那你也得是秦始皇才行。」

「妳究竟想怎麼樣？可不可以直接說清楚？」

「來個排骨便當吧！」

「什麼！」雄伯不敢置信地盯著杜紀。

「你把我關在這裡問話問這麼久，應該說我配合警方查案這麼久，簡單地說，肚子也餓了。大自然有這麼難理解的嗎？」

雄伯百般不情願，還是叫了兩個排骨便當，而且耐心地等杜紀慢慢地用完餐。

「現在妳吃飽了，我再問妳一次，妳到底想怎樣？順便一提，妳的助手因爲態度實在地協助警方，他已經自由離去了，妳還要浪費妳我的時間嗎？」

不知道嚴有沒有賺到免費午餐？杜紀心中想著，但，反正他是富家子弟，不必替他惋惜。

「好啊，趕快讓我們來衝業績吧，是誰發現詩娜屍體的？」杜紀問。

「妳不要爲難我——我的意思是，妳先配合我把問話問完，我就配合妳。公道吧？」

「不，你這條狡猾的青竹絲，你先回答我，我就會好好配合你。」杜紀堅持。

雄伯告訴自己，他不是軟弱，而是他太認識杜紀這個人了！「事實上，宋毅是第一個發現詩娜死亡的人——這是昨晚他自己說的，但是他也說他嚇壞了，覺得遭人陷害，所以沒報警就奪門而去了，眞正報警的是同棟樓的鄰居，因爲宋毅雖然有關好外面的鐵門，但裡面那個門沒扣好，而且大概被風吹開，鄰居經過時，從鐵門縫隙中看見詩娜倒在地上，所以報警。」

杜紀暗咒了一聲，宋毅昨天竟然沒和她說這件事！「你們又是怎樣很快懷疑她是農藥中毒？」

「她口吐白沫，樣子和宋太太類似，但詩娜因爲有孕吐問題，胃裡面沒什麼食物，所以只有一些唾沫之類的，她的藥罐當時就放在桌上——裡面當然不是什麼成藥，而是美國出產的一種營養補給品，膠囊裝，一顆有四百五十mg那麼大，一次服用兩粒，我們檢查剩餘膠囊，發現其中有好幾顆內容物已經被換過了，並非只有她吞下的那兩顆有毒。」

「死亡時間？宋毅什麼時候去找她的？」

「詩娜昨天中午之前就死了，而宋毅說，正是因為警方告知他詩娜懷孕，所以他想找詩娜談談，但是電話打去又沒人接，才會利用中午休息時間直接去詩娜住處。」

「他什麼時候打電話給詩娜的？」

「他說大約早上十一點。詩娜大概那時就已死了。」

「鄰居報案時間？」

「很快，估計是宋毅離開沒多久——不到半小時吧。」

「現場當然有宋毅指紋囉？」

「哈哈哈！這就有趣了！宋毅有花時間抹掉指紋！可疑

吧？」雄伯笑臉說著。

「但是他若沒有主動坦承有去找詩娜，你們又會知道嗎？」

「當然會！地上的鞋印他沒擦，雖然不是很明顯，但難不倒我們的鑑識人員！遲早會比對出那就是他的鞋印。」雄伯現在已經沒有喝水的困難了，他喝了幾口水，「宋毅大概也擔心他自己走得匆忙，可能有些地方沒有完全抹到，自然主動告訴我們才是聰明的。」

「可是你不覺得這樣太明顯了嗎？你們前天才告訴宋毅詩娜懷孕的事，隔天詩娜就死了，我不覺得宋毅有笨到這種程度！況且，這算什麼殺人動機？他真的不要孩子的話，大可說服詩娜去墮胎，何必非殺她不可？」

「詩娜的那罐營養品，並不是每一顆都有毒的，她可能一星期之後才吃到含毒的，也可能立刻就吃到含毒的，也可能吃到一顆有毒一顆沒毒因而不至於立刻喪命……可能兇手沒料到，詩娜竟會立刻中獎。而且誰知道兇手是怎麼想的？他或許並沒有要殺詩娜，只是想造成夠嚴重的傷害而已。」

「宋太太被毒死了耶，而且用的應該是同樣的毒，來自同一個人，我覺得兇手應該傾向殺死詩娜。要不然他可以只下一顆毒就好了——如果四百五十 mg 不會致命的話！」

「妳這樣說倒是有道理……」雄伯難得地對杜紀發出讚賞的眼光。

但是杜紀非常後悔自己的不慎！她不應該一時忘情而不小心幫助了雄伯！「宋毅應該告訴過你們，馮世慧也是可能擁有宋家和詩娜住處的鑰匙的人，你們有查到關於馮世慧的更多資料嗎？」

「並沒有，我承認她也一樣有機會是兇手，但是我們再次搜索了她家和辦公室等地，完全沒有找到任何可疑的東西，當然也沒有複製鑰匙。」

「你們當初也沒在宋家找到農藥和鑰匙啊，我懷疑你們搜查的仔細度。」

雄伯臉色一陣難看尷尬，「馮世慧家不一樣，只是公寓沒有庭院。」他本來想繼續說，警方也沒錯過搜索宋家庭院，甚至連盆栽裡的土都挖出來看了！但是他決定這沒什麼好提的，畢竟他們確實沒有找到那兩樣東西。

「還有沒有別的？贖身提？」杜紀主動問。

「沒了，連贖身提也沒了。」雄伯沮喪地說，「現在可以輪你配合警方了吧？換我問話了吧？妳不熱嗎？帽子要不要拿下來？」

「謝謝關心，我熱衷維持造型。」

之後杜紀確實乖乖地配合了警方的問話，然後離開警局。

但是沒多久，警方就決定起訴宋毅了，因爲他們在確定裝有農藥的泡麵包裝上，採到宋毅的指紋。

「那包裝上當然會有我的指紋！因爲那是育敏常買的泡麵品牌，被有心人偷拿去利用了！」

杜紀一個人獨自在偵探社的會議室，回想著宋毅幾天前對自己的解釋，這確實並非不可能……宋家的垃圾會被收集到屋外，根本不用鑰匙也能有機會偷拿到。爲何農藥沒有裝在原本的農藥袋子裡，而被移到一個泡麵袋裝著？這當然很可疑。她不擔心宋毅，律師絕對有辦法證明那些證據都還不夠力。

但話又說回來，一旦法官判了宋毅無罪，基於台灣也有「一事不再理」的原則，相信日後也不太有可能再出現什麼新物證，如此一來，宋毅就再也不必擔心這些事了，他可以從此毫無陰影，安心地去過他的理想生活。兩屍三命，這是個好賭博。

宋毅，會是這樣的人嗎？

馮世慧眞的是無辜的嗎？

還是這對情侶之間眞的有著堅強的感情，用了這麼多年的光陰，一起計畫執行了這個案子？

杜紀已經不知道自己抽了多少菸，喝了多少咖啡了。

不！這男人不可能會愛任何女人超過於愛他自己！他不可能眞的會愛誰愛得狂熱到讓自己成爲一個兇手或共犯——哪怕只是有可能要賠上自己的自由，這麼高代價的愛，這不會是宋毅，宋毅了不起會爲自己而殺人，不會爲別人而殺人。所以就算是他殺了人，也絕不會是爲了要和馮世慧有個無憂的將來。

而馮世慧的恨和執迷，究竟有沒有那麼深？女人心豈只男人摸不清？杜紀覺得自己也不清楚。

女人愛恨交織的那顆心……

杜紀白了一眼放在一旁的，已經被燙破一個洞的嚴的制服，又轉盯著自己的電腦螢幕恍神。

突然之間，她的雙手開始在電腦鍵盤上飛快地打著，她緊張又興奮地盯著螢幕上出現的結果，很久很久，她終於拿起手機，打了個電話，「嚴，我知道兇手是誰了，趕快來載我去警局。」

11

毅：

你還記得，是你教我如何使用電腦，如何上網，如何申請並使用 E-mail 的嗎？

我希望你至少還記得，我也希望你會想起我們最剛開始的甜蜜，因爲，這恐怕將會是你唯一的活路，如果你能想起我、想起這些過去的話，你就可能終於會發現這封 E-mail。

我利用網路的方便，得知並向人私下買了納乃得農藥，爲了不留下任何紀錄，我去使用網咖的電腦，重新申請了一個無人知曉的 E-mail 帳號，而且遠去桃園親自和賣家面交，不怕你笑，我還僞裝成農婦的樣子呢！我做的這一切，都只是爲了報復你，你這個狠心的騙子。

你一年前說服我去拿掉我們的孩子，我一直眞的以爲你無法愛小孩，可是當詩娜告訴我，她懷了你的孩子，並且你很欣喜，這，我一開始是不相信的，她是可能懷孕，但我不相信你會對小孩很欣喜。可是當她拿出一張卡片，上面寫著「期待著我們的小生命，毅」時，我認得出那是你的親手筆跡，我終於承認，我過去一直太願意相信你的種種鬼話！

何必再問你、再和你當面確認呢？你只會再給我更多的謊言罷了。

我爲我們的孩子不甘，也爲自己不甘！你讓我殺了我的小孩，卻十分樂意接受你和別人的小孩！我於是醒了，你和我結婚，最後證實只是爲了錢。

命運眞是奇妙，不是嗎？我確實有錢，而且我竟然還在此時中樂透！然而這麼多的錢也換不到一顆眞心相待！這對我又有何意義？而既然你這麼想要錢，那麼，就給你吧！它將會使我決定用自己的命來完成的報復計畫變得更精彩些！

爲了將嫌疑快速指向你，我的死不能是自殺結案，我事先編造了一些假的意外事故，告知我的父母，也特地將農藥移入有你的指紋的泡麵袋中，藏在自家庭院，但是又不能看起來太簡單，以免陷害的感覺太強烈，樂透彩券倒是可以藏在比較容易發現的地方，這樣，警方應會很快認定你有殺人動機吧？

你或許想問我，爲何不直接殺了你？殺了你也許是最直接簡單的方式，但這樣就無法讓你了解，我不得殺了我未出世孩子的痛苦！只有讓你也去體會這種失去的滋味，你或許才能明瞭，所以我的計畫不只是自殺嫁禍給你而已，你不但要有錢，還要活著去感受你「期待」的小生命的死亡，而且你還要爲他的死亡負責！

我偷偷拿了你的鑰匙包去複製了詩娜的鑰匙，趁機潛入她家，幸運地發現她有每日服用營養品的習慣，而且它是膠囊型態的，我將農藥放入她未來將會服用到的膠囊中，仔細讀過說明書，一次服兩顆，所以經過計算，我特意將有毒的膠囊盡量集中在瓶底，以確定她將不會比我早死。我也有想過，萬一幸運的她只服到一顆有毒的，這樣她或許死不了，可是，不知怎麼的，我覺得以你的信用來看，就算詩娜個人僥倖活下來了，她恐怕也不會再相信你了，你是殺妻疑犯，同樣的農藥不可能讓她再繼續相信你吧？

我不知道自己爲什麼要留這條活路給你？或許，在我心中的某一個角落，我希望讓你知道是我，是我做的！是我林育敏，用生命來報復你，來抗議你……

「這算什麼？宋毅有可能自己事先編這一套來自救！」雄伯試圖提出可能性，「這只是封存在草稿夾裡的電子郵件，不是親筆寫的，誰都可以捏造。」

「看看宋太太的婚戒吧！裡面的刻字是JIM LIVE 2003. 10. 22，正是這個電子信箱帳號：JIM@LIVE.COM，密碼正是20031022，而且這戒指並非宋毅原始給她的那一個！宋太太自己去邵記銀樓訂做的，老闆娘可以作證是宋太太本人去的。況且，這封草稿的儲存日期，是在宋太太死亡之前。」杜紀解釋著，「宋毅知道戒指刻字內容和原始不一樣，只是他沒有主動向警方說。」

「這個信箱收件夾裡，還留有宋太太和賣農藥的人的聯絡信耶！原來賣家並沒有公然在網拍上賣農藥，他只是賣農藥用的器具而已，是宋太太主動連絡他，進而交易的！」嚴補充著，「而且宋太太其實問了許多不同的賣家呢！真是用心……」

「農藥是不能在網拍賣的，尤其這種劇毒型的，而且舊版沒染色無異味的，市面上應該已經找不到了，只能說，她也真是太有心……」雄伯不悅地說著，接著又轉向杜紀問：「妳又是怎樣猜到，宋太太的戒指的刻字所暗示的涵義？」

「林育敏是個受過高等教育的人，『JIM LIVE』不算是個正確英文詞句，這是第一點讓我懷疑的。林育敏特地去重新定做戒指——而且是第二顆了，還指定要用自己會過敏的廉價金屬，這是第二點讓我懷疑的。我當然覺得，一定是有個原因才讓她這麼做，『JIM LIVE』一定是個重要的線索，只是我一直參不透它是什麼意思。我大概抽了半條菸、喝了一打咖啡，苦思了一夜一日，最後恍惚地盯著我的電腦發呆——剛好當時我的電腦螢幕正在我自己的電子信箱頁面，而且我也有個 LIVE 帳號，這才讓我想要試試！成功地找到解答。」杜紀驕傲地說著，她隱瞞的部分是：其實那件被她自己燙焦的嚴的制服，才是她的電腦螢幕會停留在電子信箱頁面的原因——她也有抽空試圖連絡賣家，要向對方退貨要回錢！但這部分她當然不能說。

「我了解了，妳一定眞的是苦思到極點！所以連頭毛都掉光了。」雄伯盯著杜記的頭髮說。

杜紀這才記起之前急著要出門，忘記遮頭髮！可惡啊！竟然讓這條沒口德的青竹絲賺到了！「至少我不是地中海還強拉五線譜！」杜紀不甘地回敬。

雄伯尷尬得臉都綠了，眞不知是誰偏要提起頭髮？他只能怪自己太大意……「鴨舌帽了不起啊?我的有警徽呢!」他囁嚅地說。

「我不懂的是，詩娜爲何會有宋毅親筆寫的那張卡片?宋毅眞的性格大變決定要小孩了嗎?」嚴不解地問。

問得好!嚴!杜紀在心中讚嘆著，因爲她自己也很想知道，不過，由嚴來問才不會損了她的神探英姿。

雄伯則急著搶回一點顏面，他很快地說:「這，我們警方現在就可以回答你!我們有在詩娜住處看到這張卡片，但，它絕不是宋太太想的那樣!卡片是綁在一個鋁罐上的，那鋁罐裡是個種出來會有字的豆芽——我親眼看到，長出的豆芽頭上竟然有烙個LOVE字!你們如果想要看，國外一些網站都找得到這商品!所以這大概是宋毅從國外買來送給詩娜的，而所謂小生命，指的正是這棵小豆芽，宋太太誤會了!不過詩娜也確實狡猾，她竟然單獨利用這張卡片來唬宋太太，唉……這個悲劇真的是沒有必要發生的！」

「你這五線譜果然找得到豆芽菜。」杜紀報復了雄伯稍早的頭毛攻擊，雄伯則惱得說不出話來。

但，雄伯所說的，確實讓杜紀吃了一驚，同時也非常感慨！這個大案件的一切起源，竟然只是這樣一個小小的豆芽！而這麼強烈的恨意，竟是和一株刻有「愛」字的小豆芽有關，多麼諷刺啊！這可悲的笑話……

12

轉眼，一個月過去了。

嚴這段期間非常不滿，非常不快樂！因爲他又得開始找貓狗或失蹤離家的青少年，而且得穿杜紀買來的廉價制服上班！而杜紀本人，不但又重拾算命事業，而且還又回到那個完全不在意外貌的歐巴桑性格，因爲她發現仙姑造型裡的棉布瓜皮帽，也遮得住她的超短髮，讓她喜出望外地回歸正常。

但是今天不一樣了，一切都要扭轉乾坤了！嚴等不及要抵達公司，趕快告訴杜紀一個他發現的天大事件！

「仙姑！你猜我今天遇見誰？」嚴興奮地說。

「你要我算命預言的話，費用是一千二，員工價八百，恕不賒欠。」杜紀冷冷地說。

「我在宋宅門外看見馮世慧！」嚴完全不理會杜紀無聊的工商服務。

「喔，那又怎麼樣？她本來就是宋毅的舊識啊，還是他的員工呢。」

「不是那麼簡單！她和宋毅準備一起去上班！她看起來好像住進宋宅了，而且，我下車和他們聊了一下，馮世慧已經和原本的老公離婚，她和宋毅準備要結婚了！我們大家都被他們倆聯手騙了！妳要趕快翻案！」

翻案？杜紀只能對嚴翻白眼，「你究竟是想怎樣？是要抗議你的制服、我的外貌，還是你的工作內容？」

「妳難道不覺得被耍了嗎？不覺得雄伯的猜測有可能是對的嗎？那封 E-mail 有可能是任何人捏造的！」

「嚴大偵探，那請你和我解釋，林育敏為何重新訂做一個廉價戒指、並刻上不同的字？」

「馮世慧偽裝成林育敏去訂做的！一定是這樣！」

「兩人高矮胖瘦差那麼多，而且林育敏為何自願戴上一個會讓她過敏的戒指？她來算命時就已經戴著，如果戒指是被別人偷偷掉包，看不出她有何理由會沒知覺。最後再讓我補充告訴你，雄伯事後也去追查過了，那個賣林育敏農藥的人，確實正確地指認出林育敏的照片！」

嚴像戰敗的小老鼠，頹喪地嘆了口氣，「馮世慧真是賺到了，兩女相爭雙雙戰亡，最後她漁翁得利……她心機很深。」

「我倒覺得他們倆很相配，王八配綠豆，非常恰恰好，一個搶財，一個搶人，兩人人財『奸』得。我祝福他們！」杜紀看著嚴，又說：「你不要太失志，兇殺案不是天天有，你應該反而要慶幸才是！這世界還有希望！」

「說得也是……」嚴仍是失望地說。

然而，杜紀也是嘆了口氣，馮世慧眞以爲她這樣是幸福的嗎？想來林育敏之所以特別打電話，將詩娜懷孕之事告訴她，應該也是有意思要點醒馮世慧的吧？

唉！一個宋毅，一個馮世慧，這樣的兩人終成眷屬，也算是Happy Ending吧？但願是，但願他們能牢牢地管住，並牽制彼此的心……杜紀想著。

（全文完）

附錄 交換意見——與張妙如談創作

「個人意見」部落格 陳祺勳

地點是在我的電腦與她的電腦前，時間是高雄的深夜與西雅圖的上午。

妙：「我覺得我們今天應該算是先認識彼此？」

個：「對啊！而且其實我今天（應該說從昨天開始）一想到這件事就無聲的尖叫一下！因為跟你msn感覺好不眞實喔！」

這是第一天對話記錄裡的兩句話，對我來說，跟張妙如小姐msn眞是非凡的經歷，每個人對「非凡」的定義不同，比如有人覺得是看泰姬瑪哈陵，有人覺得是在銀塔餐廳吃鴨肉，在我的人生難得體驗清單裡，絕對有「跟張妙如msn」這一項。

在跟妙做這些對談的時候，由於時差（要時間國際化起來了）的關係，她是剛起床不久，我是半夜，所以整體對話成現出一種巧妙的平衡氣氛，我精神健旺時她尚未全醒，我精神不濟時她則逐漸開機完成，又由於兩個人都不是在完全清醒的巔峰狀態下對談，很多實話就這樣不知不覺說出來了。（唉呀！）

她是一個直來直往，而且很能掌控場面的人，在這些訪談的期間，我有數度被她訪談起來的感覺，好比她談到我「個人意見」這個名字的由來。

妙：「你當初爲何會用『個人意見』這個筆名？是不是因爲你講話太毒辣，所以先做個聲明？」

個：「我也忘了……其實我也大可以叫什麼『不屬於本台立場』之類。」

妙：「直接繼續用『個人意見』吧！你這個名號已經打響了，不要亂換比較好。你去後悔吧！誰叫你當初不認眞想。」

由此可見，這段訪談的路線不是單純的我問她答，而是有攻有守的，像一場（我跟她一定都覺得很辛苦而且也根本不會去打的）網球，事實上呢，她還叫我可以盡情的攻擊她沒有關係，不過說眞的，我被她殺球的機率其實是很高的。

1.

我一直對小說作者如何想像他們的主角長相很有興趣，妙的這本小說除了是個推理作品以外，在設定和情節發展上，包括女主角的大變身（眼鏡一拿掉，換掉算命婆裝扮就變成美女！）和男主角（男主角是個頭腦不甚靈光的家財萬貫的帥哥），其間都帶有一些羅曼史小說的趣味。

有人說小說永遠帶點自傳的味道，我不覺得妙這本小說裡有什麼分明的自傳性，但可以確定的是這個女主角的舉止處事反映了一些她眞實的細節，以及一些她想要但在現實人生裡沒法達成的願望，好比男主角的跑車就是她在現實生活中有機會的話想開的車，除此之外，關於角色設定的外貌方面，我們有了以下的交談。

個：「妳在寫這本小說的時候，有想像過女主角長怎樣嗎？」

妙：「有啊！但不會是我自己的樣子啦。主要是我心目中理想女性的樣子，加入我長相上喜歡的元素——還有我的遺憾！」

妙：「例如說美腿。而且她應該要有個圓頭（也就是要有後腦勺）、有胸、有一雙美腿，而且不要太高。」

個：「我沒有想過有誰會刻意的給女主角一個圓頭！」

特別提到圓後腦勺這件事眞的很點題（我的確想過，若是我來寫小說，那我的主角一定要髮質光滑柔順——髮質不好，這也是我畢生的遺憾），妙的扁頭她的讀者一定不陌生，我的編輯說他第一次見到妙，情不自禁的瘋狂打量她的扁頭，一邊也在內心發出「眞是懸崖峭壁」這種讚嘆。關於這一點，妙眞是有說不完的意見！比如，她提到，在我這陣子評選的時尚單品中，她獨鍾那頂愛馬仕的飛行皮帽。

妙：「那一頂牛皮飛行帽，你知道我為何會喜歡嗎？」

妙：「因為我扁頭，我覺得它應該終於會給我後腦勺……」

個：「我從沒想過是這個理由！」

妙：「而且它下巴處有釦，可以讓帽子固定在我頭上。」

個：「不知道有沒有後腦勺整形這種事。」

妙：「應該沒有這種整形——但是我羨慕有腦的人很久了……」

我想了很久，後腦勺整型搞不好可以在頭皮上注射玻尿酸，至少看起來會是圓的，只不過摸起來不硬，算是隨身攜帶一個靠枕吧（也算是一種意外的好處啦）。

2.

上篇她說「我羨慕有腦的人很久了」，雖然是在說後腦勺，但是跟第二篇的主題若合符節，我們在閒聊（啊不，是訪談）的過程中，既然她寫了史上最多本的交換日記，我們不免聊到交換人生的話題，在這個話題的答案上，妙的答案完全超出我的想像之外，徹底的讓我傻眼，大家有空不妨去問問熟識的人，搞不好可以讓你對他們有全新的認識也不一定。

個：「如果可以跟一個人交換人生，妳想當誰？」
妙：「我不想和誰交換人生。但若是眞的要，我希望是愛因斯坦。」
個：「愛因斯坦！why？」
妙：「我想了解宇宙多一些。我對宇宙充滿好奇。」
個：「對喔！妳很迷宇宙，還自製了隕石手鍊。」

妙：「可是我物理其實很差，用他的頭腦或許就能理解這個宇宙。」
個：「那你爲何會寫推理小說而不是科幻小說？」
妙：「我對未來反而沒有高度幻想。而且，我另一個喜好是人性，以及現在，所以我反而比較想寫推理小說。」

愛因斯坦耶！我本來以爲大家都會回答瑪丹娜或比爾蓋茲之類的，但妙居然回答愛因斯坦，而且原因是想了解宇宙的奧秘！從一個人想要誰的人生，就知道他不滿足的是哪裡，回答瑪丹娜的人顯然覺得自己缺乏足夠注意，答比爾蓋茲的人八成是缺錢，妙回答愛因斯坦，絕不是因爲他有個渾圓的後腦勺（畢竟，也沒多少人見過愛因斯坦的後腦勺），而是想藉由他的頭腦來了解宇宙的奧秘。

資深讀者都知道，妙是一個著迷於宇宙的人，好比她上窮碧落下黃泉的搜尋隕石，或者家裡有個星空投影機，甚至她對小王子這本書的愛好也可以扯上一點關係（可見那頂飛行皮帽眞的超級適合她的啊！），不過，這樣的喜好可不只表現在這些東西上面，她曾在書裡頭提過，她的小說處女作投稿給了羅曼史出版社，卻未獲出版，而這本處女作的主題也是跟科幻有關的（據她說是個桃花源的故事）。

像這樣著迷於宇宙，卻又做過漫畫家、圖文書作家，進而成爲小說家的人，小時候的志願到底是什麼？

個：「那你本來最想做什麼？」

妙：「我最早眞的想當老師或教官。」

個：「爲什麼？」

妙：「我喜歡說教。」

個：「這是一個我沒聽過的理由！」

妙：「沒啦！其實是我遇上過幾個眞的很不錯的老師，自然心生嚮往，也想和他們一樣。」

妙：「但是我眞的也很愛說教啦……」

說到人生志願，女孩小時候想當護士或老師是很一般的選擇，但理由是「因爲我很愛說教」則是我始料未及的，不過，我們曾經討論過在公共場合強出頭的事（各位小朋友不要學啊），從那裏也可以看出她的這種個性眞是始終如一，大家都知道她身上有個刺青，據說刺的過程痛苦得很，當時到底是什麼力量支撐著她？

妙：「不要聊學校了我不喜歡學校啊！（滿痛苦的回憶！）」

個：「好啊！那……妳爲什麼當初會想去刺超大的刺青？」

妙：「證明我黑道來著。」

妙：「（當然是玩笑。）」

個：「我還以爲妳會回答『因爲想飛』之類……」

妙：「我就是單純被那部電影的美術吸引了啊！我眞的就覺得那對翅膀很美，但我其實通常都遮起來耶，根本不敢讓人家看到！」

個：「當時刺到一個小時左右的時候有沒有很想回家？因爲我看你書裡寫，好像很痛。」

妙：「當時有個吳奈欣小姐等在那裏一直想插隊，我就衝著她想插隊我堅持了下去。如果刺青時吳奈欣小姐不在，我想我會和師父說我們改天再約吧！」

個：「所以妳的人生憑藉的就是一個不服輸嗎？」

妙：「我有莫名奇妙的公平正義感，希望哪天兼差當超人或蝙蝠俠，所以如果有人要插隊，我就是痛死也不讓啊！」

個：「那妳看電影的時候，會不會叫隔壁的人不要講手機？」

妙：「當然會啊！我就是以為自己旁邊會有靠山，但結果身邊的大家早就紛紛躲開……」

說眞的，在公共場合制止別人不要講手機或請不要插隊這種種行爲，的確是我們這種正義感過剩的人常幹的事，也因爲這種莫名其妙的公平正義感，讓我們會遇見很多奇妙的事，在幹這些事的時候，其實有時候自己沒那麼有實在感，而有種如在夢中，「想不到我也……」的感覺。

所以，結合了圓後腦勺（那帽子其實跟頭套也有點像），聰明的頭腦（至少管家有），好車與正義感，我爲妙在當個作家之餘選出最適合的副業，不是水電工，而是——蝙蝠俠（至少她身上除了常用的哨子以外可以多帶很多實用的小工具）。

3. 住在美國的妙，從她早期的作品一直到現在，毫無疑問的可以看出她是個懶人，從早期編輯到她家時還特別畫了一張漫畫感嘆了地心引力的貢獻（幸好有地心引力，不然會連天花板上都擺滿東西），到《春麗日記簿》的春麗一天到晚在那大喊：「我最討厭務農了！」都大約可以知道她的個性。但人生與宇宙的道理之玄妙（愛因斯坦，你在哪裡），讓她在美國蛻變成一個文武雙全，文能寫書，武能挖地埋水管的偉大女性，所謂的，「想不到老娘有一天也……」這個發語詞，顯然很適合作為本篇的主題。

我們訪談時聊到很多居家裝潢的話題，大家應該對她DIY女王的稱號記憶猶新吧，比如她為之前玫怡家作的布置就是一個絕佳的例子，大家有想過當時做的那些東西後來怎樣了嗎？

妙：「與其花大錢，我有時就是寧願自己亂搞。」

個：「像之前你裝潢過玫怡的舊家？」

妙：「嗯，但那我還不會歸類在亂搞。」

個：「但為什麼你會想到自己做沙發？」

妙：「因為她當時有找專業木工鋪地板（只是材料不是制式的），但我一直不是很滿意市售沙發，喜歡的超級貴，便宜的又醜，就自己亂做了。（那沙發我願意承認是亂搞……）」

個：「因爲後來多了兩隻腳。」

妙：「因爲撐不住，坐下去就快垮了。」

個：「那沙發現在還在嗎？」

妙：「不知道耶，玫怡後來怎樣處理也沒問她。應該是不在了，本來就不堅固。」

我朋友告訴我，他們家會做一種有難度的菜，他媽媽每次作都成功，而他自己做的時候，成功與失敗率大約是一半一半，他忍不住問媽媽訣竅在哪裡，他媽媽回答：「我也常常失敗，只是失敗的時候我就偷偷扔掉，沒有讓大家知道而已。」我想這搞不好也是妙DIY感覺好像每次都成功的原因，我們只是沒見到她背後付出的汗水淚水努力和失敗而已啊。

身爲一個懶人，如果可以花錢請人做的，我通常都覺得花錢請人做最好，妙居住在美國，可能是因爲人工價昂吧，所以很多她過去想都沒想過要做的事都得自己來，從除草到填水池，換燈泡到修馬桶，都是她前所未有的體驗，這樣的造化弄人在前陣子到達了巔峰，她居然挖地修了水管！前些日子她家屋外漏水，由於修理工看了之後表示，請工人挖的話，得花九百美元，且不含修復，因而妙決定挑戰DIY生涯的頂峰，開始挖地。一邊怨天尤人罵老公，她腦袋浮現的事情居然是：以後作家請千萬不要輕易寫出殺人埋屍——這根本就很難！那麼大的洞怎可能一下子就挖好？

妙：「我能自己控制的事都還是很快。但是，如果沒有急迫需要解決的，我漸漸能忍受了。家裡的問題確實曾經困擾過我許久，就說上次水管破了，我也壓力大到哭。」

個：「一邊哭一邊挖地嗎？一邊哭、一邊挖地，還一邊想到棄屍，這眞不容易。」

妙：「是沒有邊挖邊哭啦，那也太贏玫瑰瞳鈴眼了。」

個：「是擦乾眼淚再繼續嗎？」

妙：「我本來是以爲我挖好洞之後，大王就會甘願花後面那一筆錢，找專業人士來切水管補水管，哪知他連後面都要自己幹——所謂的自己幹，當然就是要我做——那也就算了，還在一直拖時間。我家噴泉噴了好幾天，我眞的良心很難安。有些觀念我是很傳統的，覺得不該浪費物資。」

個：「你當時有沒有想，想不到老娘有一天會爲這種事擔心！」

妙：「當然有！」

我非常想知道她拿著鏟子去挖地時有沒有一邊挖一邊想笑，屬於一種靈魂離體的爆笑感，一邊揮汗（揮淚）挖地，一邊有個冷眼旁觀的第二人格正在哈哈大笑「想不到張妙如也有今天」！然而，在挖地之餘還可以想到，棄屍埋人其實是一件非常困難的事，這人生的奧祕，可能連愛因斯坦也不能解答吧。

妒忌私家偵探社

Miss Doe Detective Agency

since
2010

妒忌私家偵探社

Miss Doe Detective Agency

since 2010

妒忌私家偵探社

Miss Doe Detective Agency

since
2010

妒忌私家偵探社

Miss Doe Detective Agency

since
2010